성인식

# 성인식

이상권 소설

|주|자음과모음

# 차례

성인식

눈이 시리다. 산과 들에서 흘러내리는 흙물을 먹고사는 저 강은 변함없이 반기는데 내 눈빛은 가물가물 흔들린다. 자꾸만 울음주머니가 부풀어오른다. 나도 모르게 도리질하면서 발을 타박한다. 해마다 봄이면 요란하게 진달래장이 서는 산허리로 꼬리를 사리는 강물을 따라간다. 강이 제 삶을 마무리하는 곳까지 따라가고 싶다.

강둑에는 워낙 햇살이 흐벅지게 쏟아지는지라 살 오른 쑥들이 빼곡하게 쏟아져나와 있다.

나는 더욱 빠르게 걸어가면서 내 모습이 이 세상에서 사라져버리기를 바랐다. 이제 어떻게 해야 할지 모르겠다. 학교로 돌아갈 수도 없고 이대로 집에 들어갈 자신도 없다. 정말이지 이런 일이 생기리라고는 전혀 예측하지 못했다. 괜히 집에 왔다고 후회하면서 내 생살을 얼마나 꼬집었는지 모른다.

진만이를 떠올렸다. 진만이는 우리 집 깊은 이야기까지 걸러내지 않고 주고받을 정도로 가까운 친구다. 사실 우리는 공통분모가 거의 없다. 그래도 우리는 편안하게 서로의 눈빛을 섞어왔다. 그것은 우리가 서로의 다른 모습을 받아들였고, 그렇게 인정한 서로의 영역에 대해서는 조금도 건드리지 않기 때문이다. 덕분에 나는 날라리들의 성가신 눈초리의 위협을 받지 않으면서 소금쟁이가 물 위를 걸어가듯이 편안하게 학교생활을 할 수 있었다.

진만이는 스스로를 꼴통, 깡통, 먹통 그렇게 삼통이라고 당당하게 농치면서 웃었다. 공부로 모든 잣대를 가름하는 학교에서도 전혀 주눅들지 않았다. 그런 깡다구를 어떻게 담금질했는지 알 수 없으나 서울 한복판에다 옷을 홀랑 벗겨서 던져놓아도 살 자신이 있다고 너스레를 떨었다. 그러면 되지 공부가 뭐 그리 중요하냐고 선생님 앞에서도 큰소리를 한 말이나 쏟아놓는 놈이다.

나는 휴대전화를 끄집어내서 진만이 이름을 찾았다.


당신을 향한 나의 사랑은
무조건 무조건이야
당신을 향한 나의 사랑은


트로트풍의 노래가 흘러나온다. 진만이는 그런 노래만을 즐겨 불렀고 또래들이 즐기는 노래는 입에 담지도 않았다. 하여간 세상을 감지하는 안테나가 우리하고 다른 놈이다.

"어, 시우냐! 반갑다. 참, 너 저번 달에 맹장수술 받았다면서? 나는 얼마 전에야 알았다. 별탈은 없지? 의외로 맹장수술이 골치 아프다. 그거 잘못되면 고생 되게 해. 우리 사촌형이 그러거든. 그나저나 어디냐? 마을 앞이라고야?"

"월요일까지 연휴라서 왔다. 다음 주 수요일이 어버이날 아니냐? 너 지금 좀 보자."

"어, 지금? 좀 곤란한데…… 이따가 저녁에 보자."

"야 씨발놈아, 친구가 좀 보고 싶다는데…… 잔소리 말고 이쪽으로 좀 와라. 너 오토바이 있지?"

나도 모르게 욕설까지 내뱉고는 얼마나 당황했는지 모른다.

"어, 이 자식 봐라. 안 하던 욕까지 하고. 과학고에서는 욕만 가르치냐? 너 무슨 일 있냐?"

"야 씨발놈아, 묻지 말고 좀 보자!"

내 목소리에는 짜증이 잔뜩 들어 있었다. 이렇게 노골적으로 누군가에게 욕설을 내지르기도 처음이다. 진만이는 이내 알았다고 대답했다.

나는 깊은 숨을 내쉬면서 손으로 얼굴을 문질렀다. 괜히 진만이한테 화풀이하는 꼴이 되어버려서 미안했다. 대뜸 욕설부터 내뱉은 나 자신이 이상하게도 낯설었다. 다른 사람의 뇌가 내 몸속으로 들어와 있는 느낌이라고나 할까. 그러면서도 진만이라면 내 마음을 어루만져줄 것이라고 중얼거렸다. 나는 마을 앞을 가로지르는 도로 쪽으로 되짚어갔다. 마을이 가까워질수록 마음이 무거워졌다. 우리 집이 보이자 다시 어머니가 떠올랐다. 나는 몇 번이나 주춤주춤하면서 어머니로부터 자유로워지려고 했으나 그럴수록 어머니의 영상은 크게 확대되면서 뇌리를 가득 채웠다.

내가 과학고에 합격했다는 사실을 알리자 어머니는 나를 끌어안고 벅찬 감격을 누르지 못해 한동안 허둥거렸다.

"고맙다, 고마워. 과외 한번 시키지 못했는데……."

나도 어리벙벙했다. 보통 과학고에 가려면 초등학교 때부터 치밀하게 준비를 한다지만 나는 중학교 2학년 때부터 과학고라는 과녁을 설정했다. 게다가 읍내에는 나를 만족시켜줄 만한 능력 있는 강사를 보유한 학원조차 없었다. 모든 걸 혼자 하는 수밖에 없었다. 나는 소쩍새들보다 밤잠을 아끼면서 공부에 매달렸고, 운 좋게도 과학고에 입성할 수 있었다.

버스정류장 앞에서 늙어가고 있는 아름드리 버드나무가 찢긴 현수막을 고집스럽게 잡고 있었다. 현수막에는 '축 이시우 군 과학고 합격 시하리 주민 일동'이라는 글씨가 새겨져 있다. 한때는 그런 현수막이 읍내까지 열 개나 걸려 있었다. 이제는 다 찢겨버렸고 마을 앞에 있는 저 현수막만이 그날의 감격을 대변해주고 있었다. 그걸 보자 더욱 마음이 무거워졌다.

버스정류장에 앉았다. 햇살이 파란 융단을 한 땀 한 땀 수놓고 있는 논두렁으로 누렁이 두 마리가 신나게 달리고 있었다. 그놈을 보자 칠손이가 떠올랐고 나도 모르게 "안 돼, 도저히…… 이건 정말 말도 안 돼!" 하고 고개를 흔들어댔다. 그러다가 누군가의 목소리를 들었다. 바로 앞에 트랙터가 멈춰 서 있었다. 트랙터에서 상수 형님이 내렸다.

당황스러웠다. 여기서 상수 형님하고 마주치리라고는 전혀 예상하지 못했다. 나는 상수 형님의 눈을 마주보지 못했다. 상수 형님의 눈 속에는 어머니의 모습이 은밀하게 숨어 있을 것만 같았다.

상수 형님은 심장수술을 받아서 그런지 더욱 말라 보였다. 내가 건강은 어떠시냐고 묻자 수술은 잘 되었다고 짧게 말하고는, 곧장 내 몸은 어떠냐고 물어왔다. 이런 처지에 있는 나 자신이 너무 싫다. 어른한테 너무 과장된 예우를 받는다는 게 얼마나 불편한 일인지 모를 것이다. 머지않아 환갑을 바라다보는 상수 형님은 나한테는 아버지나 다름없다. 항렬을 따라서 형님이라고 부르고는 있으나 이미 항렬이나 족보 따위를 개똥 취급하는 세상이거늘 나이 든 어른을 형님, 형님 할 때마다 스스로 낯이 뜨거워지는 걸 견딜 수 없었다. 다르게 예우하고 싶었다. 그만큼 상수 형님이란 특별한 존재였다. 입학식장이고 졸업식장이고 항상 어머니를 모시고 와서 내 삶의 작은 매듭을 소중하게 축하해주신 분이다. 나는 상수 형님의 손을 잡고 싶은 충동으로 몸이 떨리자 일부러 과장되게 목소리를 높였다.

"형님, 맹장수술이 무슨 수술입니까? 괜찮습니다."

"아니다. 맹장수술이나 심장수술이나 매한가지야. 몸조심하고. 그나저나 무슨 일 있냐? 아까 엄마를 봤는데 표정이 안 좋으시더라."

그 말을 듣자마자 내 뱃속 기관들이 예민하게 반응했다. 슬슬 아팠다. 아무리 생각해도 어머니를 이해할 수 없다. 어쩌면 그럴 수가 있는지, 집 안으로 기어든 거미 한 마리도 함부로 하지 않았던 당신이기에 더더욱 답답할 따름이다. 눈시울이 붉어지면서 가슴속에 덩어리진 말들이 쏟아져나오려고 했다. 나는 꾹, 꾸욱, 누르며 억지로 삼켰다.

"별일 아닙니다."

"너 과학고 입학할 때도 말했다만 아재뻘인 네 아버지하고는 참 이물없이 지냈다. 살아가면서 많은 도움을 받았다. 그건 말로 다 할 수 없다. 말로는 아재, 아재 했다만 실제로는 친형처럼 따랐다. 내가 이런 말을 새삼스럽게 하는 것은 나를 너무 어려워하지 말고, 네가 어려울 때 서슴없이 찾아오라는 뜻이다. 아무래도 엄마가 혼자이니까 남자인 너하고 가끔 생각이 다를 때가 있을 것이다. 나도 홀어머니 밑에서 커봐서 안다. 살다보니 집안에서는 아버지가 해야 할 일이 있고 어머니가 해야 할 일이 있더라."

나는 알았다고 대답하면서 입술을 꼭 깨물었다.

상수 형님의 트랙터가 사라지고 나서야 읍내 쪽으로 걸어갔다. 얼마 가지 않아서 진만이 오토바이가 나타났다. 중학교 때부터 붙어다니던 새봄이까지 달고 왔다. 물방울무늬 원피스 차림인 새봄이는 화장발이 깊어 전혀 고등학생으로 보이지 않았다. 내 또래가 아니라 이미 한참 세월을 앞질러 가버린 사람으로 보였다. 진만이도 말쑥한 양복 차림이다.

진만이는 오토바이에서 내리자마자 반갑다고 큰 소리를 내지른 다음 내 손이 으스러지도록 힘주어 잡았다. 덩치는 볼품없어도 손힘 하나는 황소마저 겁낼 정도로 무지무지하다. 내가 새봄이를 곁눈질하면서 뭐라 말치레하려는데 새봄이가 한발 앞섰다.

"야아아, 범생이 너 오랜만이다! 옛날에는 영계가 최고였는데 요새는 범생이가 최고라메? 키만 멀대같이 크고, 눈단추는 겁먹은 수탉 같은 꼬라지가 여전하구나. 야아아, 하여간 반갑다!"

손을 내민 새봄이 몸에서는 지금까지 느껴보지 못했던 강렬한 여인의 냄새가 도발적으로 풍겼다. 새봄이는 성적도 꾸준히 상위권을 맴돌았고, 얼짱을 도맡아 할 정도로 인기가 좋았다. 지금은 더 예뻐 보였다. 나는 새봄이와 제대로 눈을 맞추지 못하고 어색하게 악수를 했다. 새봄이는 그런 나를 조목조목 뜯어보면서 히죽히죽 웃었다.

"야 범생아, 너 여친 소개해주까아? 싫어? 싫으면 관두고……. 아이고 배고프다. 뱃속 창자들이 각설이타령을 3절까지 부르고 4절째 접어들었다. 밥 좀 먹자! 야, 범생아, 너는 배 안 고프냐? 허긴

너야 귀한 아들 왔다고, 니네 엄마가 온갖 맛난 것 다 해 먹였겠지
만……."

　나는 쓴웃음을 지었다. 그건 사실이었다. 나는 학교가 있는 K시에
서 8시에 출발하여 11시쯤 집에 도착했다. 마당에서 마주친 어머니
는 내 얼굴을 눈으로 훑어보고 손으로 어루만지면서 안타까워했다.
　"쯔쯧, 병원에 있을 때보다 더 말랐네. 그놈의 공부만 아니면 며
칠 집에 와서 쉬었을 텐데……."
　나는 지난달에 맹장수술을 받았다. 고등학교에 입학에서 처음으
로 치르는 시험이 열흘 앞으로 포복해올 즈음부터 슬슬 배가 아프
기 시작하더니 수업시간에 비명을 지르면서 주저앉아버렸다. 나는
병원에 실려가서 그 다음 날 수술을 받았다. 만성맹장염이라고 했
다. 수술을 한 뒤에도 계속 배가 아파서 엿새 동안이나 입원 치료를
받았다. 시험만 아니면 며칠 더 입원을 해야 했다. 맹장수술을 받은
뒤에는 내 몸을 지탱하고 있던 살덩어리들이 무려 7킬로그램이나
빠져나갔다.
　그런 나를 보고 어머니는 심각한 표정을 지었다. 염색을 해서 그
런지 머리카락은 흰 오리 하나 보이지 않았고, 얼굴은 논밭에서 살
아가는 곡식들한테 굴복해본 적이 없는 강한 인상을 주기는 해도
세월의 무게를 힘겨워하는 눈빛만큼은 감출 수 없었다. 그런 어머
니한테 괜히 미안해졌다. 초등학교 때는 어머니 생일날 편지도 쓰
고, 억지로 어머니를 졸라서 읍내에 나가 자장면도 사먹고 케이크

도 사다가 생일축하 노래를 하면서 응석을 부렸다. 그때가 좋았다. 중학교에 들어간 뒤로는 공부한다는 핑계로 어머니의 생일조차 모른 척했다. 나는 이제라도 어머니의 생일을 꼭 챙겨주겠다고 다짐했고, 어버이날을 앞두고 찾아온 게 백 번 천 번 잘한 일이라고 스스로를 두둔했다.

"참, 밥 안 먹었지?"

어머니는 내가 뭐라 말할 틈도 없이 부엌으로 가서 뚝딱뚝딱 밥상을 차렸다. 고기냄새까지 풍겼다.

"오리탕이다. 이장네 집에서 샀다. 유기농으로 키운 것이라 아주 맛이 좋더라."

"그냥 김치만 있어도 되는데……."

"수술한 뒤에는 고기를 많이 먹어야 한다고 하더라."

어머니가 커다란 국그릇에다 오리고기를 담아주었다. 나는 오리 다리를 들고 맛있게 뜯었다. 그런 나를 흐뭇하게 보던 어머니가 또 다른 오리 다리를 내 앞으로 내밀었다. 나는 두 번째 다리를 들고 뜯었지만 처음만큼 빨리 먹지는 못했다. 이른 점심이었고 게다가 아직 배도 고프지 않은 상태였다. 문제는 그다음이었다. 어머니는 기다렸다는 듯이 또 다른 고기를 들이밀었다.

늦둥이였던 나는 몸이 약했다. 어머니는 점쟁이만 보면 겁이 덜컥덜컥 났다고 했다. 어머니는 이미 두 아들을 잃은 쓰라린 아픔을 가지고 있었다. 큰형은 두 돌을 넘기지 못하고 알 수 없는 병으로 죽어버렸고, 작은형은 아홉 살 때 저 강물에서 살아가는 물귀신한테 잡아먹혔다. 나는 어머니가 마흔을 넘긴 뒤에 힘겹게 뽑아낸 자식이었다. 그래서 어지간하면 어머니의 뜻을 거스르지 않으려고 하면서 살아왔다. 지금도 마찬가지였다. 나는 어머니가 내미는 고기를 받아먹다가 헛구역질을 하면서 당황하였다.

"왜 그러냐? 맛이 없냐?"

"이제 못 먹겠어요."

어머니는 입술을 만지작거리면서 나를 다시 쳐다보았다.

"멀미 때문에 속에서 안 받는 모양이다. 밥상 두고 갈 테니까 천천히 먹어라. 엄마는 늘 네가 마음에 걸렸다. 공부한다고 병원에서 퇴원하자마자 학교로 달려갔으니…… 끙! 아무리 몸이 아파도 맘대로 기숙사에 가서 누울 수도 없다면서야? 나도 다 안다. 아무리 공부가 중요해도 아프면 쉬게 해야지. 자정 전에는 기숙사에 가서 쉴 수도 없다고 하던데……."

어머니는 할 말이 더 많은 걸 참는다는 눈빛을 짓더니 읍내 마트에 간다는 말을 남기며 나갔다.

나는 어머니가 마당을 벗어나자마자 김칫국물에다 밥을 비벼서 먹고도 상을 치울 수 없었다. 국그릇에 오리고기가 떡하니 버티고 있기 때문이다. 어머니는 어떻게 해서든 저 고기를 아들의 몸 안으로 몰아넣을 것이다. 파리들이 즐거운 비명을 지르며 국그릇으로 내려앉았다. 나는 그런 파리를 쫓을 엄두도 내지 못한 채 길이 보이지 않는 수학문제를 앞에 둔 것처럼 끙끙거렸다.

그때 칠손이가 어머니를 배웅하고 돌아왔다. 건강한 자손을 두 번이나 퍼뜨린 칠손이는 우리 집에서 6년째 살고 있다. 오른쪽 앞발 발가락이 일곱 개라서 칠손이라고 이름 지었으나 성장하면서 한 개는 저절로 사라지고 지금은 여섯 개만 남아 있다.

칠손이가 토방에서 나를 보고 꼬리를 흔들어댔다. 고기냄새를 맡은 모양이다. 나는 단합대회하는 파리들이 달라붙어 있는 고기를 토방으로 던졌다. 칠손이는 덥석 고기를 물더니 꼬리로 고맙다고 말을 한 다음 뒤란으로 사라졌다. 이제 남은 것은 내가 먹어치워야겠다고 주억거리면서 고기를 집어들 찰나에 다시 칠손이가 달려왔다. 나는 나머지 고기도 던졌다. 칠손이는 아까보다 더 힘차게 꼬리 치면서 고기를 물고 사라졌다. 칠손이는 나한테 고맙다고 했으나 오히려 내가 더 고마웠다. 내가 하기 곤란한 일을 칠손이가 대신 해준 거나 다름없으니까.


"그나저나 범생아! 니네 혹시 동성연애 하나? 보고파서 미치겠든? 이따가 저녁에 편안히 보면 될 것을 뭐가 그리 급하다고 설사 똥 싸듯이 불러대나? 내가 맘이 좋아서 허락했다만…… 에이, 씨바! 우리도 오늘 엄청 까깝한 일에 빠졌거든. 실은 너 볼 기분도 아니거든. 하얀 쌀밥에다 생지렁이를 씹어먹은 기분이거든. 에이, 씨바! 그래도 범생이 너라고 하니까 봐준 거다만…… 에이, 씨바!"

새봄이는 곱상한 얼굴하고 어울리지 않게 가래침을 긁어 뱉어내면서 "에이, 씨바!" 하고 거칠게 씩씩거렸다. 나는 새봄이의 서슬에 놀라 한 걸음 물러나면서 진만이 옆구리를 푹 찔렀다. 진만이는 애써 얼굴에다 웃음을 퍼내고는 새봄이를 보았다.

"새봄아, 나도 배고프다. 우리 낙지나 먹으러 가자."

"씨바, 낙지를 먹든 가지를 먹든 어서 가자고!"

새봄이가 다시 침을 뱉었다. 나는 둘 사이에 흐르는 미묘한 분위기를 감지했다. 이럴 때는 어떻게 해야 하는지 알 수 없었다. 오늘은 모든 게 꼬이는 날이다. 진만이도 괜히 불러냈다. 할 수만 있다면 적당한 구실을 잡아서 둘을 보내고 싶었다. 새봄이 때문에 오토바이에 타기도 껄끄러웠다.

진만이는 헬멧을 새봄이한테 주었다. 새봄이가 헬멧을 받아쓰더니 익숙하게 오토바이에 타서 핸들을 잡았다. 진만이가 새봄이 뒤에 바싹 붙어앉더니 어서 타라고 소리쳤다. 내가 계속 망설이자 이번에는 새봄이가 한마디 튕겨냈다.

"범생아, 너 잡아먹지 않을 테니까 어서 타!"

나는 미그적미그적 오토바이를 타면서 진만이 허리를 꽉 잡았다. 오토바이는 곧바로 속력을 냈다.

"새봄아, 살살 좀 몰아라."

"시끄러워, 오토바이는 달리는 맛이다. 안 그냐 범생아?"

새봄이는 진만이 말을 씹어 삼켰다. 길가에서 일하던 사람들이 우리를 보고는 경기를 일으킬 정도로 눈을 크게 떴다. 반대쪽 차선에서 달려오던 차들도 놀라서 속도를 죽였고, 어떤 운전사는 창문밖으로 손짓을 하면서 뭐라고 소리쳤다. 하늘을 나는 새들도 놀랐을 것이다. 그러거나 말거나 새봄이는 "에이 씨바, 날아버렸으면 좋겠다!" 하고 소리를 질러댔다. 처음에는 겁이 났다. 하지만 두려움은 금방 사라졌다. 어느 정도 오토바이가 달리기 시작하자 막 소리치고 싶을 정도로 쾌감이 솟구쳤다. 오늘 집에서 있었던 일들이 싹 달아났다. 나도 이대로 날아버렸으면 좋겠다고 속으로 소리쳤다. 바다가 마중을 나왔다. 바닷바람하고 포옹하자 나도 모르게 진만이 허리에서 손을 풀었다. 순간 몸이 휘청했다. 진만이가 소리쳤다.

"시우야, 꽉 잡아라!"

"그 범생이는 신경 쓰지 말고…… 내 허리 좀 꽉 잡지 마. 배가 숨을 못 쉬겠다!"

새봄이가 오토바이 속도를 한풀 죽였다.


우리는 진만이가 잘 아는 식당으로 들어가서 작은 방에 앉았다. 진만이는 주인여자한테 새살거리며 인사를 하였다. 곧 산낙지가 나왔다. 몸통이 으스러지고 잘려나갔는데도 삶을 포기하지 않고 꼬무락거리는 낙지를 보니까 차마 먹을 수가 없었다. 새봄이는 아무도 의식하지 않고 겁이 날 정도로 큰 낙지발을 집어서 거침없이 입안에다 넣고는 우물우물 씹어댔다.

"시우야, 어서 먹어라. 요새 산낙지 먹기 힘들다. 여기서 먹는 건 백 프로 진짜 뻘낙지다. 몸보신에는 이것이 최고다. 박찬호가 그 나이에 150킬로가 넘는 강속구를 던지는 것도 낙지 때문이란다."

나는 진만이 얼굴을 똑바로 쳐다보면서 술 한잔 하고 싶다고 낮게 속삭였다. 낙지를 씹던 진만이 입이 멈추어졌다. 새봄이는 계속 낙지를 씹어대다가

"허걱, 범생아. 야아, 네가 이렇게 멋있는 놈일 줄은 진짜 몰랐다. 헐, 이래서 속으로 까진 놈들이 더 무섭다고 했는데……. 진만아, 뭐 해. 친구가 술을 먹고 싶다는데……."

진만이 옆구리를 손으로 툭 쳤다. 진만이는 새봄이의 눈빛을 피하면서 안 된다고 말했다. 새봄이가 그런 진만이를 노려보았다.

"에이 지랄! 저번에도 먹었잖아!"

"그때는 형들이랑 같이 있었고……."

"알았어. 내가 사올게."

새봄이가 일어나려고 하자 진만이가 벌떡 일어나서 밖으로 나갔다. 주인이랑 주고받는 소리가 들렸다. 주인은 절대 안 된다고 하다가 진만이가 끈질기게 부탁을 하자, 그럼 딱 한 병만이라는 단서를 달았다. 진만이가 소주 한 병을 들고 왔다.

막상 술병을 보자 긴장이 되었다. 중학교 때 친구들이랑 두어 번 맥주맛을 본 적이 있기는 해도 소주란 놈은 처음이다. 그때까지도 나는 왜 술을 찾았는지 알 수 없었다.

"시우 너 뭔 일 있냐?"

진만이가 먼저 한 잔을 비우면서 물었다. 술 마시는 폼이 전혀 어색해 보이지 않았다. 나도 저랬으면 좋겠다고 주억거리면서 술을 입안에 털어넣었지만 술은 3분의 2만 들어가고 나머지는 입술에 걸려서 턱 아래로 흘러내렸다. 진만이가 휴지를 주었다. 나는 그 휴지를 받지 않고 손으로 닦아내렸다. 그런 모습을 본 새봄이가 추임새를 넣는 가락으로 한마디 내뱉었다.

"뭘 따져! 그냥 마시고 싶은 때가 있는 거지. 술이란 그런 것이다. 범생아, 내 잔 한 잔 받아."

나는 새봄이가 따라준 술은 하나도 흘리지 않고 입안에다 털어넣었다. 여전히 썼다.

"허거걱, 제법이네. 야아, 범생아, 그래도 좀 살살 마셔라."

나는 입을 헤벌리고 웃었다. 그래, 나는 범생이다. 그 말이 오늘은 싫지 않았다. 지금까지 한 번도 놓아본 적이 없었던 내 정신의 고삐를 풀어버리고 싶다.

"야 범생아, 나도 한 잔 주라."

새봄이가 술잔을 내밀었다. 내가 따라주려고 하자 진만이가 가로막았다.

"새봄아, 너는 마시면 안 되잖아."

진만이 표정이 무척 진지했다. 새봄이는 어이없다는 투로 씩 웃었고, 진만이 손을 피해서 다시 잔을 내밀었다. 나는 어느 장단에

춤을 추어야 할지 몰라 둘의 눈치만 살폈다.

"에이 졸라 미치겠네! 내가 마시겠다는데 왜 말려. 너 새끼가 내 남편이라도 되냐고?"

그 정도면 심각할 정도로 감정이 실린 말이었다. 진만이는 얼굴 살을 찌푸렸다가 이내 표정을 밝게 지피면서 고개를 끄덕였다.

"그럼 한 잔만 해라."

"에이 지랄, 술도 맘대로 못 먹고……. 이게 다 너 새끼 때문이야아!"

새봄이가 갑자기 버럭 소리를 질렀다. 진만이는 살짝 눈을 피했다. 나는 진만이 눈치를 보면서 새봄이 잔을 채웠다. 새봄이는 투덜투덜하면서도 조금씩조금씩 술을 나눠마셨다. 다행히도 더 이상 술을 달라고 보채지는 않았다. 진만이는 새봄이 눈길을 피하면서 나한테 이것저것 캐물었다. 나는 웃기만 했다. 새봄이만 없었어도 어머니 이야기를 풀어놓았을 것이다. 나는 손으로 목을 움켜쥐고 살며시 눈을 감았다. 한숨이 터져나왔다.

"범생아, 천장이 내려앉겠다. 나도 입만 벌리면 한숨이 터져나오는데, 대체 뭔 일이길래 그러냐? 나보다 더 환장하고 미칠 일이냐? 범생이 네가…… 그래, 공부가 안 되냐? 내 사촌도 과학고 다니는데 토요일이고 일요일이고 다 필요 없고, 밥 먹고 똥 싸고 잠자는 시간만 빼고는 공부, 공부, 공부만……. 그 미친 것들, 그것이 사는 거냐? 인조인간 되어가는 것이지, 그 미친 것들……. 지랄, 잘은 모르겠다만 범생이 네 한숨이 오늘따라 내 입에서 나오는 것 같아서 마음이 아프닷……"

새봄이는 나이 든 아주머니들이 신세타령을 하듯이 주절거렸다. 나는 연달아 술을 마셨다. 내 몸이 자꾸만 왼쪽으로 기울어지기 시작했다. 머리가 몽롱해졌다. 벽에다 몸을 기대고 눈을 감았다. 칠손이 얼굴이 아련하게 떠올랐다.

칠손이가 오리고기를 물고 사라지자 나는 밥상을 치우고 뒤란으로 돌아갔다. 칠손이가 풀밭에서 뼈다귀를 씹어 삼키고 있었다. 나는 풀밭을 가로질러 뒷산으로 올라갔다. 숭굴숭굴한 무덤들이 뒹구는 뒷산이야말로 꽃들의 세상이다. 나는 눈에 보이는 꽃들을 하나하나 들여다보면서 걸었다. 내가 그림을 잘 그린다면 저 꽃들을 스케치북에다 담아두고 싶었다.

한참을 돌아다니다가 집에 가니까, 어느새 마트에 다녀온 어머니가 헛간 앞에서 칠손이를 불렀다. 어머니는 달려온 칠손이 목에다 쇠고랑을 채웠다. 왜 그러냐고 묻자, 어머니는 급하게 내 옷을 끌어당겼다. 어머니는 부엌으로 가서야 귀엣말에 가깝게 입을 열었다.

"소고기를 조금 사려고 마트에 가다가 아는 사람을 만났는데, 몸이 약한 사람들한테는 소고기도 좋지만 구탕이 최고란다. 특히 수술한 사람들한테 구탕만큼 좋은 약이 없단다."

"예?"

나는 '구탕'이라는 말을 알아듣지 못했다.

"개를 잡아야겠다. 몸이 안 되면 공부고 뭣이고 다 소용없다. 개 한 마리 먹으면 몇 년간은 잔병 하나도 안 걸린단다. 그것만큼 좋은 보약이 없단다."

"아니, 개, 개, 개를 잡아요?"

"안 그래도 동네에서 서로 달라고 야단이다. 다들 사료를 먹여서 키우거든. 우리처럼 밥 먹여서 키우는 개는 없다. 돈을 주고 사려고 해도 살 수가 없다. 이런 개가 진짜 약이란다."

나는 입을 헤벌리고 어머니를 노려보고야 말았다. 어머니는 내 눈길을 피했다. 어머니를 이해할 수가 없었다. 어떻게 칠손이를 잡겠다고 할 수가 있는가. 물론 아파트에서 키우는 애완용 개는 아니라고 해도 칠손이는 엄연한 우리 가족이다. 나는 고개를 흔들면서 이건 말도 안 되는 소리라고 말했다. 어머니는 한동안 못 들은 척하고 있다가 드디어 작정한 듯이 나를 쏘아보았다.

"시간 끌면 저놈도 알 거야. 개는 영리하다. 그러니까 어서 잡아라."

어머니는 그 말을 마치고 무겁게 입술을 깨물었다.

"엄마, 저 보신탕도 좋아하지 않아요. 학교 한번 와보세요. 음식이 엄청 잘 나와요. 그러니까 개는 잡지 마세요. 그냥 오리고기 먹을게요."

나는 이 정도에서 타협을 하자고 웃음을 보냈다. 그러나 어머니의 눈빛은 더욱 차가워지고 있었다.

"어차피 우리가 안 잡아도…… 올 여름에 동네 사람들이 안 놔둘 것이다……. 괜찮아. 집에서 키우는 짐승들은 다 잡아먹는 것이다. 닭이나 오리도 다 집에서 키우다가 잡아먹잖아? 다 그런 거야. 맘 먹었을 때 잡아야지 안 그러면 못 잡아. 어서 잡아라."

어머니의 표정으로 보아 더 이상 물러설 기미가 보이지 않았다. 난감했다. 나를 보면 달려와서 자기 마음이 배어 있는 따뜻한 혀로 살을 핥아주는 개를 잡다니.

나는 이 상황을 어떻게 돌파해야 할지 몰라 당황하다가 다시 어머니를 쳐다보았다. 이번에는 어머니도 내 눈을 피하지 않았다. 약간 충혈된 채로 박혀 있는 눈동자는 움직임이 없었다. 그 눈빛이 너무도 섬뜩하여 나도 모르게 고개를 돌려버렸다. 어머니 눈이라고 믿어지지 않았다. 나는 아무런 말도 하지 못했다. 어머니는 착 가라앉은 목소리로 다그쳤다. 갑자기 이런 마음을 먹은 게 아니라 올 여름에 내가 오면 잡아서 약해주려고 마음을 먹고 있었는데, 그것을 앞당긴 것 뿐이라고 못질하듯이 또박또박 내뱉었다. 그래도 이대로 물러설 수는 없었다. 나는 어머니 손을 잡으면서 간절하게 하소연했다.

"그럼 개고기를 조금만 사다주세요."

"그런 생각을 왜 못 했겠냐? 마트에서 파는 것은 사료 먹여서 키운 개라 약이 안 된단다."

"엄마아아―!"

나도 모르게 소리를 질렀다.

"어서, 잡아라."

"엄마아!"

다시 소리를 질렀다.

어머니가 못 들은 척 돌아서고 있었다.

나는 그런 어머니의 등을 조준하고는 가슴속에서 터져나오는 말을 퍼부었다.

"엄마아! 저어 개고기 안 먹어요!"

내 목소리가 마당에서 메아리쳤다.

나는 그 메아리가 따라오기 전에 집 밖으로 달려나갔다. 돌아보지도 않았다. 집을 벗어나자마자 중설이 형이 가장 먼저 떠올랐다. 중설이 형은 서울에서 큰 교통사고를 당해 사경을 헤매다가 일주일 만에 눈을 떴는데, 첫마디가 고향에서 살고 싶다는 거였다. 중설이 형은 몸이 회복되기도 전에 고향으로 내려왔다. 내가 초등학교 5학년 때였다. 그때부터 나는 중설이 형을 따랐다. 내가 중학교에 들어가자 중설이 형은 같은 시대를 살아가는 친구로 예우해주었다. 중설이 형은 정치 이야기뿐만 아니라 세상 모든 이야기를 나하고 주고받았다. 중설이 형은 내가 어리다고 결코 자신의 주장을 우기지 않았다. 중설이 형은 과학고에 합격한 나를 보고는 축하하면서도 아쉬움을 드러내기도 했다.

"나는 네가 고시를 봐서 큰 사람이 되었으면 했다아……."

재작년에 지은 중설이 형네 조립식주택 지붕 위에서 물까치들이 요란하게 떠들고 있었다. 주택을 마주보고 있는 축사에서는 중설이 형이 일을 하고 있었다. 나는 일부러 크게 중설이 형을 불렀고 손까지 흔들었다. 어머니 때문에 울고 싶은 심정이었으나 지금 중설이 형도 힘들어하고 있다는 걸 알기에 밝은 표정을 지었다.

마을 이장인 중설이 형은 지난가을에 베트남 아가씨랑 결혼하였다. 뜻밖이었다. 원래 중설이 형은 서울에서 사귀던 아가씨가 있었다. 안타깝게도 작년 여름부터 중설이 형의 얼굴은 어두워졌다. 마을에 사는 사람이라면 왜 중설이 형이 시무룩해졌는지 묻지 않아도 알았기에 너도나도 베트남 아가씨를 권했다. 중국교포 아가씨들은 거의 다 결혼하고서 도망치니까 안 되고, 필리핀 아가씨들은 얼굴 생김새가 우리나라 사람들하고 너무 달라서 안 되고, 베트남 아가씨들이 우리하고 생김새도 비슷하고 절대 도망치지 않는다면서 중설이 형을 달랬다. 그때 중설이 형은, 나는 결코 돈 주고 다른 나라 아가씨를 사오고 싶지 않다고 말했다. 조금이라도 만나가면서 서로를 안 다음에 결혼을 한다면 어느 나라 아가씨든 가리지 않겠지만 지금처럼 돈 주고 사오는 건 싫다고 하더니 가을에 갑자기 결혼을 한다고 하였다. 나는 그런 걸 따지지 않고 축하해주었다. 베트남에서 온 아가씨는 정말 예뻤다. 나보다 두 살 많았다. 나는 그 아가씨한테 더욱 잘해주고 싶었고, 일부러 '형수님'이라고 크게 불렀다. 둘이 잘살기를 바랐다. 신혼의 겨울을 무사히 넘겨서 안심했거늘 지난주에 베트남 여자가 도망쳤다는 말을 들었다.

나는 중설이 형을 보면서 뭐라 위로의 말을 해주고 싶었으나 이상하게도 마땅한 말이 떠오르지 않았다. 그냥 중설이 형 가슴을 두 팔로 안아버렸다. 소똥냄새가 코를 찔렀다. 중설이 형은 "어어!" 하면서 두 팔을 더 높이 벌렸다. 냄새가 몸에 배니까 떨어지라는 뜻이었다.

"형, 괜찮아요?"

"짜식, 내가 왜? 걱정 마라."

중설이 형은 사람 일이라는 게 뜻대로 되지 않는다고 하면서 허탈한 웃음을 짓다가 불쑥 이래서는 안 된다고 자신을 다그치고는 나를 보면서 웃었다.

"엄마 보니까 좋지? 내가 경황이 없어서 병원에도 못 가봤다."

"에이, 괜찮아요. 무슨 큰병도 아닌데……."

나도 마음속에 웅크리고 있는 어두운 감정을 애써 감추면서 환하게 웃었다.

중설이 형은 집안 내력인 빠글빠글 라면머리를 손으로 갈퀴질하면서 나를 빤히 쳐다보았다.

"그러고 보니 얼굴이 말랐네. 하긴 집을 나가 있으니 살이 찌겠냐. 게다가 거기에 모인 놈들은 공부에는 날고 기는 놈들일 테니까. 하여간 얼마나 공부를 하면 고등학교 2학년 초에 갈 대학이 다 결정난다면서? 참 상상이 안 간다. 대체 얼마나 공부를 파대면……."

나는 아무런 말을 하지 않고 중설이 형네 집을 둘러보았다. 거실에는 아직도 결혼사진이 걸려 있었다. 왜 그걸 아직까지 걸어두고 있을까. 청개구리처럼 눈동자가 새물거렸던 그 베트남 색시가 돌아오리라는 희망을 품고 있는 것일까. 나도 모르게 고개를 흔들어대다가 바로 뒤에 다가온 중설이 형을 보고 멈칫하였다. 중설이 형이 차 한잔 하자고 했으나 고개를 흔들었다. 그냥 가슴이 답답했다. 중설이 형이 일만 하지 않는다면 어디론가 바람을 쐬러 가자고 하고 싶었으나 그럴 수도 없었다. 나는 몇 번이나 가슴속에서 아우성치고 있는 말을 토해내려고 하다가도, 막상 중설이 형 눈을 보면 목구멍까지 올라왔던 말들이 싹 내려가버렸다. 이런 적은 없었다. 적어도 중설이 형 앞에서만큼은 편안하게 말을 부려놓을 수 있었는데 오늘은 맘대로 되지 않았다. 나는 끝내 한마디도 까불어내지 못하고 돌아섰다.

그런 이야기를 어떻게 한단 말인가. 새봄이가 없었더라도 쉽게 풀어놓지는 못했을 것이다. 정신이 알딸딸해지자 더욱 술이 잘 들어갔다. 소주 한 병을 다 비우고 내가 더 먹고 싶다고 하자 진만이가 말렸다. 대신 바닷가에 가서 맥주를 마시자고 했다. 내 몸이 심하게 비틀거렸다. 새봄이가 다가와서 내 팔짱을 껴주었다.

"야 저리 가. 난 괜찮아. 네 신랑이 지랄하겠다!"

내 입에서 그런 말이 거침없이 흘러나왔다. 은연중에 놀라면서도 그런 나 자신이 싫지는 않았다. 진만이는 모른 체하면서 앞서 걸었다. 새봄이가 내 옆구리를 간질였다.

"너 진짜 능구렁이였구나. 겉으로만 범생이고 속은 발랑 까진…… 그치, 그치, 그치이?"

나는 그냥 웃어대기만 하였다. 내가 비틀거리면 새봄이의 다리도 비틀거렸다. 걸음걸이의 박자도 같았다. 한몸이었다.

우리는 십여 그루의 소나무들이 오순도순 살아가는 바닷가 언덕배기로 갔다. 나는 몸을 가누기 힘들 정도로 술의 포로가 되었어도 정신만큼은 말짱했다.

나는 진만이가 사온 깡통맥주를 두 캔이나 비운 뒤 쓰러져버렸다. 하늘에 뜬 구름과 소나무들이 빙글빙글 강강술래를 하였다. 어지러웠다. 토하고 싶었다. 나는 그런 꼴을 보이기 싫었고, 내 몸을 다그치면서 벌떡 일어났다. 진만이의 손을 뿌리치면서 바닷가로 달렸다. 어느새 눈에는 눈물이 가득 매달려 있었다.

"엄마아! 제발, 제발, 제발……."

나는 앞으로 꼬꾸라졌다. 짠 눈물이 입안으로 스며들었다. 진만이가 와서 일으켜주었다. 나는 다시 뿌리치면서 눈물을 닦았고, 얼굴에서 눈물이 사라진 다음에야 몸을 일으켰다.

"시우야, 진짜 말 좀 해라. 너 무슨 일 있냐?"

나는 진만이한테 몸을 기댔다.

"진만아, 새봄이 진짜 예쁘다. 잘해봐라."

"야이 새끼야, 말 돌리지 말고!"

"무슨 일은…… 그냥 공부하기가 힘들어서……."

"허긴, 난다 긴다 하는 놈들이 다 모인 학교라니까……. 난 공부에는 깡통이니까, 잘 모르지만 니들이 얼마나 독하게 하는지 그건 안다. 아이고, 난 금가루를 먹이면서 공부하라고 해도 못한다. 난 고등학교 졸업하면 2년제 대학 나온 뒤 곧바로 군대 갈 작정이다. 사관학교 가서 장교로 말뚝 박을 작정이다. 요새는 군대도 치열해서 함부로 말뚝 못 박는다고 하더라만 그래도 그건 자신 있다……."

어느새 내 머릿속에는 멋지게 군복을 입은 진만이가 그려졌다. 잘 어울렸다. 벌써부터 자신의 미래를 결정하고서 살아가는 진만이가 부럽다. 그에 비해서 나는 어떠한가. 아무것도 없다. 공부의 서열에 따라서 포항공대나 카이스트 혹은 다른 대학의 티켓이 주어질 테고 거기에 따르면 된다. 그런 곳을 나오면 얼마만큼 행복해지는지, 어느 정도의 사회적인 지위가 따르는지, 그런 일들이 내 몸에 얼마만큼 맞는 것인지, 나는 그런 구체적인 고민을 해본 적이 없다. 오직 공부에만 매달릴 뿐이다. 내가 무엇을 해야 하는지, 어떻게 살아야 하는지에 대해서는 모른다. 나는 한동안 진만이 말을 듣다가 불쑥 이렇게 물었다.

"야, 너 개 잡아본 적 있냐?"

너무도 엉뚱한 말이라 진만이는 큰 눈을 굴리며 나를 보았다.

"야, 너답지 않게 오늘은 너무 심각하다. 그냥 웃자고 하는 말이다.”

“그냥 몇 번 동네 형들이랑 잡아봤다만⋯⋯.”

“집에서 기르던 개도⋯⋯?”

“뭐, 집에서 기르던 개? 그걸 어떻게 잡냐? 남의 집에서 기르는 개라면 모를까⋯⋯.”

나도 동의한다는 식으로 고개를 끄덕거리다가 눈을 감았다. 어린 칠손이가 떠올랐다. 상수 형님네 집에서 얻어온 칠손이는 무시로 설사를 해댔고, 다리뼈가 고무처럼 물러지면서 발이 구부러지기 시작했다. 나는 동물병원에 데려가려고 했다. 어머니가 그걸 막았다. 이런 병은 약도 필요 없고 명태를 푹 삶아서 그 국물을 지속적으로 먹이면 낫는다고 했다. 어머니는 명태국물을 먹이면서 칠손이를 안 방 이불 속에다 재웠다. 어머니의 정성 때문인지 명태국물 때문인지 칠손이 다리는 짱짱하게 펴졌다. 어머니는 그렇게 칠손이를 살려냈다. 그런 칠손이를 죽이고 싶어할까.

내가 가만히 있자, 진만이가 한숨을 내쉬더니 호주머니에서 담배를 끄집어내서 입에 물었다. 나도 한 대 달라고 했다. 사실 나는 담배를 피울 줄 모른다. 아니나 다를까. 불을 붙이고 연기를 빨아들이자마자 쿨럭거렸다.

“짜식, 담배는 그냥 배우는 줄 아냐? 다 시행착오가 필요한 법. 너도 괴롭지? 나도 무지무지 괴롭다⋯⋯. 그럴수록 단순하게, 무식하게 돌파를 해야 하는 법. 야, 오늘 우리 옷차림이 이상했지? 우리 오늘 산부인과에 갔다 왔다. 그래서…… 임신 4개월이래. 나는 낳자고 했다……. 암, 내가 책임지겠다고 했다…….”

임신? 책임? 나는 계속 머리를 흔들어댔다. 꿈인가 하고 살도 꼬집어보았다. 그런 단어들이 내 친구의 입에서 겁없이 쏟아져나오다니! 정말 놀라운 일이었다. 내가 개를 죽이려고 하는 것보다 더 엄청난 일이다. 진만이는 아무렇지도 않게 말을 하고 있었다.

“나는 산부인과에 가서도 당당하게 말했다. 비록 결혼은 하지 않았지만 아기를 뗄 생각은 없다고. 의사가 한심스럽다는 표정을 짓더라만……. 개자식 내가 책임지겠다는데……. 그래서…… 나 돈도 모으고 있다. 나는, 나대로, 이렇게, 살 거야…….”

나는 담배연기를 제대로 삼켜보지도 못하고 비벼 껐으나 진만이는 너무도 달게 들이마시고 있다. 그 담배연기를 받아들이는 만큼 우리의 삶은 달랐다.

다시 진만이가 입을 열었다.

“새봄이가 문제인데…… 새봄이만 맘잡으면 나는 까딱없다……. 부모님한테도 말할 거야. 새봄이 부모님한테도 말해야지. 내가 군대 갈 때까지만 우리 집에서 키워주면 돼. 그다음부터는 내가 돈 버니까, 내가 키울 수 있어…….”

진만이는 자기 마음속에서 울렁거리는 말들을 한 점도 이리저리 돌리지 않고 쏟아냈다. 임신이니 결혼이니 하는 말을 밥 먹는다는 말처럼 가깝게 두고 살아가는 진만이가 새삼 달리 보였다. 나한테는 먼먼 미래에나 찾아올 법한 추상적인 말들이 진만이에게는 실제적인 언어였다. 그만큼 진만이는 나를 앞서가고 있었다. 오직 공부만 뒤처져 있을 뿐이다.

나는 진만이 이야기가 끝날 때까지 들어주었고, 내 가슴속에서 요동치는 말은 한마디도 풀어놓지 못한 채 일어섰다. 진만이 손을 꼭 잡았다. 어른 손 같다.

택시는 어두운 길을 빠르게 달렸다. 나는 일부러 마을에서 조금 떨어진 곳에다 택시를 세웠다. 괜히 마을 앞까지 갔다가 누군가의 눈에 띄고 싶지 않았다. 막상 아무것도 해결하지 못하고 집으로 돌아간다고 생각하니까, 언제 술에 취했냐 싶게 머리가 맑아지고 있었다. 참참했다. 나는 심호흡을 한 다음 진만이한테 잘 들어갔냐고 문자를 날렸다. 진만이는 아직도 새봄이랑 같이 있다고 하면서, 힘을 내자고 다소 모호한 말을 보내왔다. 나도 힘을 내자는 말로 응수했다. 괜히 진만이한테 미안했다. 진만이는 자기 속을 다 보였다. 나는 끝내 보여주지 못했다. 그것이 미안했다. 새봄이한테서도 문자 메시지가 왔다. 다음부터는 나를 범생이라고 부르지 않겠다고 해놓고는 끝에다가 '범생이 짱!'이라고 썼다. 나는 웃고 말았다.

나는 버스정류장 앞에서 더 이상 걸어가지 못했다. 집에 들어가기가 두려웠다. 어머니의 장승 눈빛이며 그와 겹쳐지는 순한 칠손이의 눈빛이며……. 아, 손이 떨리고 다시금 아랫배가 쓰려왔다.

이럴 때 여자친구라도 있다면 얼마나 좋을까. 새삼스럽게 나 자신을 타박하면서 서성거리다가 버스정류장 의자에 앉았다. 그때 누군가 헛기침을 하면서 다가왔다. 숨을 곳도 없었다. 나는 엉거주춤 일어나서 소리 나는 쪽을 바라다보았다. 깡마르고 키가 작은 노인이었다. 초동 할아버지였다.

초동 할아버지는 머지않아 인간의 꿈이라는 백세에 접어들지만 나는 당신의 나이를 정확히 모른다. 언제부턴지 초동 할아버지의 얼굴에서는 세월이 정지해버렸다. 내가 어린 시절에 본 얼굴이나 지금 본 얼굴이나 똑같다. 당신이 살아가는 방식도 변하지 않았다. 해가 뜨면 일을 하고 해질녘이면 강가에서 고기를 낚았다. 정적이 흐르는 강가에서 낚싯대를 드리우고 있는 모습이랑 나이가 무색할 정도로 부지런하게 손발을 놀려서 일할 때의 모습을 보면 전혀 다른 사람이다. 초동 할아버지는 마을에서 가장 어른이다. 돌아가신 아버지의 어린 시절까지 다 헤아리고 있는 분이다.

나는 천천히 초동 할아버지 쪽으로 걸어가면서 "할아버지!" 하고 불렀다. 초동 할아버지는 잠깐 주춤하더니 곧장 나를 알아보고는 잰걸음으로 다가왔다.

"시우구나! 다음 주가 어버이날이라고 왔구나. 잘 왔다."

"예, 할아버지도 건강하시지요?"

초동 할아버지는 대답 대신 밤하늘을 쳐다보면서 헛기침을 하였다.

나는 초동 할아버지의 어깨에서 흔들거리는 낚시가방을 보면서 물었다.

"낚시하러 가세요?"

"붕어는 밤에 잘 문다. 여기 붕어는 그래. 붕어는 사는 곳마다 성질이 다 다르지. 새벽에 잘 무는 놈, 저녁에 잘 무는 놈, 비 오는 날 잘 무는 놈, 한낮에 잘 무는 놈, 바람 부는 날 잘 무는 놈…… 다 달라. 낚시는 뭐니뭐니해도 밤낚시가 최고야. 누가 붕어 좀 잡아달라고 부탁해서……. 붕어즙을 하려면 한 오십 마리쯤 잡아야 하는데 열댓 마리밖에 못 잡았다. 요새 붕어 찾는 사람이 많거든."

"할아버지, 붕어즙은 어디에 좋아요? 주로 아주머니들이 드시는 것 같던데?"

"꼭 그렇지도 않아. 요새는 남자들이 더 많이 먹지. 그렇잖아도 지난달에 어매가 붕어 좀 잡아달라고 하더라만. 너한테 약으로 먹이겠다고야……. 붕어가 잡혀야지. 만날 월남붕어만 잡히고 참붕어는 구경하기가 쉽지 않구나."

"진짜 엄마가 붕어를 잡아달라고 했어요?"

나는 초동 할아버지의 말이 거짓이 아니라는 것을 알면서도 다시 한 번 확인하고 싶었다. 물론 초동 할아버지는 고개를 끄덕였다.

"체력이 약한 사람들한테 붕어즙이 좋거든. 조금만 기다려라. 내가 올여름 안으로 약이 될 만한 참붕어들만 잡아줄 테니까……."

나는 더 이상 말을 붙이지 못했다. 만약 바퀴벌레즙이 자라는 청소년들의 몸에 좋다고 한다면 어머니는 수단과 방법을 가리지 않고 그놈을 구해다가 내 앞에다 내놓을 것이다. 어머니는 그런 사람이다. 처음으로 어머니라는 존재가 무섭다고 손으로 내 가슴에다 글씨를 썼다. 자식을 향한 그 맹목적인 집착을 받아내기에는, 아직은 내가 너무 어렸다.

초동 할아버지는 밤공기가 참 시원하다고 하면서, 이런 밤공기가 좋아서 낚시를 간다고 하였다.

나는 천천히 초동 할아버지의 뒤를 따랐다. 한참 걷다보니 머릿속에서 바글바글 끓던 잡념들도 모두 사라졌다. 초동 할아버지의 눈빛이 부적이 되어 잡념을 쫓아주었다. 나는 초동 할아버지를 영원히 따라가고 싶었다. 이 밤이 새도록 걷고 싶었다. 초동 할아버지의 발걸음이 어머니의 눈빛이 닿을 수 없는 곳으로 사라지기를 바랐다. 초동 할아버지만 괜찮다면 낚시터까지 따라갈 작정이었다. 초동 할아버지는 마을에서 강 쪽으로 갈라지는 갈림길에서 잠깐 멈춰 서더니 나를 보았다. 이제 그만 집에 들어가보라는 말을 눈으로 하였다. 나는 따라가고 싶은 충동을 가까스로 참아내면서 인사를 하였다. 할아버지의 눈빛을 거역할 수 없었다. 초동 할아버지도 손을 흔들어주면서 잘 쉬었다 가라고 하였다. 나는 조금씩 걸어가다가 뒤돌아보았고, 그때마다 어둠 속으로 조금씩 허물어지는 초동 할아버지를 보면서 얼마나 달려가고 싶었는지 모른다.

초동 할아버지가 까만 어둠으로 변해버리자 다시 한숨을 몰아쉬기 시작했다. 어머니가 있는 집으로 들어갈 자신이 없었다. 그렇다고 여기서 다른 곳으로 빠져나갈 길도 없었다. 막다른 길이었다. 나는 한숨을 몰아쉰 다음 입술을 깨물었다. 어쩔 수 없다고 나를 다그치면서 결전의 의지를 다졌다. 어쩌면 내가 상상할 수 없을 정도로 어머니의 마음을 아프게 할지도 모른다. 그래도 절대 타협할 수 없다고 결론을 내렸다. 나는 그런 마음이 허물어지지 않도록 자꾸만 입술에다 힘을 모았다.

침침하기는 해도 집 안에서 너울너울 불빛이 새어나왔다. 어머니의 기척은 없었다. 대신 칠손이가 어두운 헛간 앞에서 그놈 특유의 몸짓과 목소리로 반겼다. 나는 잠깐 멈칫하다가 칠손이한테 갔다. 개라는 생명은 어찌하여 인간을 향한 거의 맹목적인 순종으로 살아가는 운명을 받아들이게 되었을까. 나는 그 눈빛을 한동안 내려다보다가 개줄을 잡았다. 쇠비린내와 쇠줄의 묵직함에 진저리쳤다. 나는 뱀이라도 잡은 것처럼 얼른 쇠줄을 놓아버렸다. 쇠줄이 땅에 떨어지는 소리가 너무 커서 칠손이 목을 와락 끌어안았다. 칠손이의 혀가 살에 닿을 때마다 가슴이 달아올랐다. 어떤 일이 있더라도 칠손이를 지켜내겠다고, 칠손이의 심장소리를 들으면서 맹세하였다.

나는 씻지도 않고 그대로 잠이 들었다. 다행히도 잠의 뿌리가 깊어서 새벽녘 뒤란에서 까치랑 까마귀 놈들이 요란하게 악장쳐대도 깨지 않았다. 어머니가 깨워서야 눈을 떴는데 막상 일어나려고 하자 머리가 깨질 것 같았다. 내가 얼굴상을 찌푸리며 부엌으로 가자 어머니가 꿀물을 내밀었다.

나를 바라보는 어머니의 눈동자는 거의 움직임이 없었으며 얼굴에도 아무런 표정이 없었다. 그런 어머니가 무서웠다. 왜 그렇게 술을 마셨냐고 타박이라도 하였다면 가슴이라도 후련했으리라. 어머니는 밥상에 마주앉아서도 말을 하지 않았다. 이 어색한 침묵 앞에서 나는 어찌할 바를 몰랐다. 또다시 밥상에 올라 있는 오리고기를 먹으면서도 그것이 고기라는 인식도 하지 못한 채 넘겼다. 어서 이 자리를 피하고 싶었다. 밥을 먹고 적당한 핑곗거리를 마련하여 어서 학교로 돌아가야겠다는 생각을 홀치자 어머니가 먼저 밥그릇을 비우고는 일어났다. 나는 힘겹게 밥 한 그릇을 비웠다. 다시 속이 끓었다. 내가 아랫배를 문지르면서 일어나려는 순간 어머니가 다가왔다.

"칠손이는 내가 잡겠다. 그래, 엄마는 피도 눈물도 없는 사람이다. 피붙이 같은 것도 잡는……. 엄마는 그래야 살 수 있다. 암, 저것이 최고라니까 약으로 해서 먹여 보내야 마음이 편안하겠다. 개소주도 해서 줄 테니까 가지고 가서 먹어라. 더 이상 말하지 마라."

어머니는 단 한마디의 반발도 용납하지 않겠다는 눈빛으로 나를 푹 찔러보더니, 이내 몸을 홱 돌리면서 부엌을 빠져나갔다.

어머니가 부엌문을 열고 닫는 사이에 수많은 참새랑 박새의 재잘거림이 밀려들었다.

나는 멍하니 서 있다가 천천히 밖으로 나왔다. 어머니가 이렇게

까지 나올 줄은 몰랐다. 이건 정말 예측하지 못한 기습이었다. 나는 어머니의 마음을 헤아릴 수는 없었다. 자식이 싫어하는데도 당신의 핏덩이 같은 개를 꼭 잡아야만 하는지, 그것도 당신이 직접 목숨줄을 끊어야 하는지. 그렇지만 받아들여야 한다는 당위성 앞에서 나는 비틀거렸다. 화장실에 앉았다. 똥이 나오지 않았다.

칠손이는 아직 죽음의 냄새를 맡지 못한 모양이다. 나를 보자마자 꼬리를 흔들고, 눈으로 반가움을 다 표현할 길이 없어서 자꾸만 몸을 흔들어댔다. 헤벌린 입에서 손바닥만 한 혓바닥이 옆으로 흘러내렸다. 그런 칠손이를 쓰다듬어주는 손이 부르르 떨린다. 내 눈과 입은 칠손이를 속이고 있으나 손은 그러지 못했다. 순한 눈동자를 심고 사는 칠손이는 그것도 모르고 자신에게 가장 진실하게 속삭이는 내 손을 신나게 핥아댄다. 내가 철없는 아이였다면 칠손이를 붙잡고 있는 줄을 풀어버렸을지도 모른다. 사람의 발길이 미치지 못하는 세상으로 도망치라고 마구 소리 질렀을지도 모른다. 안타깝게도 내 몸 안에는 그런 용기가 한줌도 없었다. 그만큼 나는 웃자라 있었다. 성장이란 무언가 소중한 것을 잃어가는 과정이다.

어머니가 타박타박 마당을 질러왔다. 어머니 손에는 철사로 만든 올가미가 들려 있었다.

나는 뜨거운 물줄기를 꾹 누르고 어머니에게 손을 내밀었다.

"이리 주세요."

어머니는 말없이 서 있다가 내 눈을 쳐다보지 않고 올가미를 주었다. 올가미를 받아들자 손이 떨렸다. 나는 잠깐 현기증을 느끼면서 '대체 어쩌려고?' 하고 나 자신에게 물음표를 던졌으나 이내 냉정을 되찾으면서 입술을 사려물었다. '어쩔 수 없잖아, 어쩔 수 없잖아?' 나는 마음속에 있는 또 다른 나에게 중얼거렸다. '나도 모르겠어. 정말 내가 칠손이를 죽일 수 있을지…….' 나는 뒤란 장독대 옆에 앉았다. 우선 한숨을 내쉬고 어머니가 준 올가미를 보았다. 엉성했다. 하도 엉성해서 칠손이의 영혼을 뽑아내기란 힘들어 보였다. 나는 그 올가미를 해체하여 다시 만들었다.

이제 칠손이를 끌고 가서 피의 흐름을 끊기만 하면 된다. 죄목은 없다. 아니 죄목은 '사람이 기른 동물'이다. 그래, '동물로 생겨났다는 것', 그것도 '사람이 기르는 동물로 생겨났다는 것'이다. 그 정도면 인간들 세상에서는 쉽게 사형집행을 할 수 있다. 나는 자신이 없었다. 나를 보면서 꼬리 치고 있는 저 순한 눈빛을 어찌 꺼뜨릴 수 있단 말인가. 도저히, 도저히 자신이 없다. 나도 모르게 죽고 싶다고 뱉었다. 그만큼 나는 흔들리고 있었다. 내 머릿속에 저장된 어마어마한 양의 지식들도 지금 이 순간에는 아무런 도움이 되지 못했다. 카이스트 아니면 서울대에 입성할 만큼 우수한 지식으로 무장한 뇌도 지금 이 순간에는 무용지물이었다. 내 손을 으스러지도록 쥐면서 아기를 낳아버리겠다고 하던 진만이가 떠오른다. 부럽다. 그 자식하고 나하고 바뀌어버렸으면 좋겠다. 카이스트나 포항 공대에 가지 않아도 좋으니까, 그 자식하고 통째로 바꿔치기 되었으면 좋겠다.

나는 휴대전화를 끄집어내서 단축키를 눌렀다. 진만이는 전화를 받지 않았다. 인간이 만들어낸 최첨단기계인 휴대전화는 자신이 할 수 있는 모든 역량을 총동원하여 나하고 진만이를 연결시켜주려고 했으나 소용없었다. 점점 마음이 초조해졌다. 그냥 진만이 목소리를 듣고 싶다. 그놈하고 연결되면 어제보다 더 거칠게 "야이 자식아, 나 개 잡는다!" 하고 소리치고 싶었다. 그냥 그렇게 한번 소리쳐보면 조금 위로받을 것 같았다. 나는 다시 단축키를 눌렀다. 이번에도 전화를 받지 않았다.

"개자식, 뭐 하는 거야!"

나는 괜히 화를 내면서 어제 온 문자 메시지를 확인했다. 새봄이한테 온 메시지가 있었다. 나는 새봄이한테 전화를 걸었다. 아무런 음악소리도 없이 그냥 "뚜르르, 뚜르르……" 하고 신호음이 갔다. "여보세요?" 하고 착 가라앉은 새봄이 목소리가 하도 귀에 설어서 얼른 끊어버릴 뻔했다. 다행히도 상대편에서 금방 나를 알아내고는 "너, 시우지?" 하고 말했다. 새봄이는 더 이상 나를 범생이라고 비꼬지도 않았다. 하루 사이에 다른 사람이 되어 있었다.

"참, 어제 잘 들어갔냐? 괜히 어제는 나 때문에 미안하다. 내가 없었으면 둘이 더 편했을 텐데……."

"아니야, 아냐, 어제 나도 좋았어."

"좋았다니 다행이다. 그나저나 나한테 볼일이 있어서 전화하지는 않았을 것이고…….”

“아침에 문자 메시지 보다가 그냥 해봤어.”

“말이라도 고맙다. 진만이가 전화 안 받아서 나한테 했다는 거 다 알아. 나도 몇 번이나 전화를 했는데 안 받는다. 설마 겁이 나서 도망친 건 아니겠지? 시우야, 진만이 그놈 도망칠 놈은 아니지?”

나는 잠깐 숨을 죽이다가 무슨 말이냐고 되물었다.

새봄이는 자신만이 알 수 있는 쓴웃음을 날리고 있었다.

“우리는 오늘 2라운드를 해야 해. 어제 1라운드는 산부인과였고, 2라운드는 우리 집이다. 나도 이렇게 되리라고는……. 그래도 올 해는 맘잡고 공부도 하고 제법 전망도 보였는데……. 이게 뭐냐? 내가 임산부라니? 참, 기가 막혀……. 그 자식 도망가기만 해봐라. 내가 지옥까지라도 가서 밟아줄 테니까…….”

나는 ‘나 개 잡으러 간다!’ 하고 소리치고 싶었는데 정작 새봄이 의 목소리를 듣자 아무런 말도 할 수 없었다. 그냥 들어주는 수밖에 없었다.


나는 장독대 뒤쪽 풀밭에 쪼그려 앉았다. 묶여 있지만 않다면 칠 손이가 와서 다정스런 눈길로 나를 바라다보면서 왜 그렇게 힘이 없냐고, 어디가 아프냐고 온몸으로 물었을 것이다. 나는 무릎 사이 에다 머리를 박고 있다가 누군가 내 이름을 부르는 소리를 들었다. 상수 형님이라는 걸 알면서도 가만히 있었다. 상수 형님이 내 옆에 앉았다.

"어젯밤에 엄마가 그러시더라. 직접 개를 잡으시겠다고. 내가 잡아준다고 해도 고개를 흔드시더라. 그게 마음이 덜 아프다고. 그래서 와봤다만……. 이놈아, 네가 잡아야지. 엄마한테……. 나는 많이 배우지 않았다만 그것 하나는 자신 있게 말할 수 있다. 살아 있는 생명을 끊어보아야 진짜 생명이 어떤 것인지, 얼마나 중요한지 알게 될 것이다. 요새 뉴스 들으면 날마다 부모가 자식 죽이고, 자식이 부모 죽이고, 어른이 아이 죽이고, 아이들이 친구를 죽이고……. 참으로 무서운 세상이야. 그런 사람들은 진짜 생명을 제대로 죽여보지 못한 인간들이지. 생명의 불을 끄면서 그 아픔을 느껴본 사람은 절대 살아 있는 목숨을 함부로 안 죽여. 아암, 저 개를 죽인다고 아파하지 말고, 내 몸속으로 작은 목숨 하나 끌어들인다고 생각해라. 엄마 속상하게 하지 말고. 저 개 잡아서 네 목숨으로 만들고 가라. 그것이 사는 것이다. 네가 어떻게 생각할지 몰라도…… 나는 엄마를 이해할 수 있다."

내 눈에서는 칠손이 혓바닥만큼이나 뜨거운 눈물이 넘쳐흐르기 시작했다.

"요새는 애완동물이다 뭣이다 해서 개가 죽으면 납골당으로 모신다고 하더라만…… 모르겠다, 우리가 잘못된 생각인지. 어쨌든 집에서 기르는 짐승은 잡아먹으려고 키우는 것이다. 같이 밥을 먹고 같이 잠을 안 잘 뿐이지 한식구나 다름없이 키우지만, 운명이 그렇게 정해져 있는 거야. 나락을 참새가 먹듯이 개나 돼지는 사람이 잡아먹는 법이다. 우리 조상들은 다 그렇게 살아왔다. 더구나 엄마는 지금 너한테 약으로 먹일 생각이니까……."

나는 감당할 수 없을 정도로 몸을 떨면서 울음을 짜냈다. 어머니가 알까봐 울음소리를 꾹꾹 누르면서 온몸 구석구석에 웅크리고 있었던 눈물의 고삐를 풀어버렸다. 평생 이렇게 많은 눈물을 세상으로 내보낸 적이 없었다. 초등학교 2학년 때 교통사고로 돌아가신 아버지의 입관을 보면서도 이렇게 눈물이삭을 떨구지는 않았다. 상수 형님은 그런 나를 가만히 내버려두었다. 그저 곡식들을 어루만지는 두툼한 손으로 내 등을 토닥토닥 달래주었을 뿐이다. 얼마나 울었는지 모른다. 내 눈에서는 천천히 눈물이 잦아들었다. 나는 몸을 일으켰다. 약간 현기증이 났으나 몸은 가벼웠다. 나는 처음으로 눈물이 얼마나 무거운지, 때로는 몸보다 눈물이 무겁다는 사실을 알았다.

나는 약간 부어오른 눈두덩을 문지르면서 상수 형님을 보았다. 눈빛으로 고맙다는 말을 하였다. 이미 알아들은 상수 형님이 다시금 내 등을 토닥거렸다.

"시우야, 너는 개를 끌고 집 앞 다리까지만 와라. 그럼 내가 알아서 할 테니까."

상수 형님이 먼저 걸어갔다.

나는 쪽빛 하늘을 올려다보면서 입술을 굳게 사려물고 마당으로

걸어갔다. 칠손이를 끌고 마당으로 나오자 햇살이 눈을 콕콕 찔렀
다. 그런 햇살이 오히려 고마웠다.

마당을 벗어날 무렵 휴대전화가 울렸다. 화면에 '진만이'라고 떴
다. 나는 걸음을 늦추면서 휴대전화를 귀로 가져갔다.

"아까 전화했지?"

"그래, 뭐 하느라고 전화 안 받았냐? 새봄이도 화가 났던
데……."

내 목소리는 어제하고 달리 낮고 가늘었다.

"괜찮아. 방금 새봄이하고 통화하고 너한테 전화하는 거야. 너도
다 들었지? 어젯밤에 새봄이가 당장 자기 부모님을 만나러 가자고
하더라. 나도 그러자고 그랬다. 어차피 맞을 매라면 일찍 맞는 게
낫지. 새봄이네 집에 가기 전에 우리 부모님한테 먼저 말씀드리는
것이 예의인 것 같아서 밥상머리에서 말을 했더니……. 우리 아버
지는 '저런 미친놈이 있나!' 하고 멍하니 나를 쳐다만 보고, 어머니
는 '그쪽 부모님한테 말해서 일을 더 키우지 말고, 나하고 같이 병
원에 가자' 하시더라. 그런 이야기 하느라고 전화 못 받았다
만……. 다 예상했던 일 아니냐?"

나는 그 어떤 말도 할 수 없었다. 새삼 친구를 위로해줄 만한 자
그마한 밑천 하나 없는 나 자신이 너무 작아 보였다.

"나도 쉬운 일이 아니라는 것을 잘 안다. 너무 걱정 마라. 설마 죽
기야 하겠냐. 지금 새봄이네 집에 간다. 까짓것 죽기 아니면 살기

지……."

나는 진만이의 말을 들으면서 "나도 개 잡으러 간다!" 하고 소리 쳤으나 그 메아리는 목구멍을 넘어오지 못하고 뱃속에서만 뱅뱅 돌다가 사라졌다. 앞서가던 칠손이를 본 순간 다급하게 목구멍으로 넘어오는 목소리를 다시 삼켜버렸던 것이다.

나는 골목 앞 오래뜰에서 주춤거렸다. 아버지를 태운 상여도 이 골목 앞에서 한동안 몸부림을 쳤다. 요령잡이였던 상수 형님은 아버지의 목소리를 흉내내면서 못 간다고, 그리운 집이랑 마누라랑 어린 아들을 두고 갈 수 없다고 흥얼거렸고, 상여꾼들의 애절한 만가가 가슴을 찢어발겼으며 뒤따르던 어머니의 울음소리가 흘러넘쳤다. 나는 고개를 흔들었다. 왜 갑자기 그런 장면이 머리에 가득 차올랐는지 모르겠다. 나는 아직까지 한 번도 그런 꿈을 꾸지 않았으며, 이 골목으로 접어들 때도 그런 기억을 끄집어내본 적이 없었다.

다리 위에서 상수 형님이랑 중설이 형이 나란히 앉아 담배연기를 흘리고 있었다.

칠손이는 그 넓은 들로 자꾸만 뛰어가려고 하였다. 나는 그 들로 파란 바람이 되어 달려가는 칠손이를 상상하면서 입술을 굳게 깨물었다. 손에 힘을 풀었다. 내 몸이 스르르 움직였다. 칠손이가 나를 끌고 갔다. 눈을 감고 칠손이가 가는 대로 따라가고 싶었다.

상수 형님이 나를 보고 일어나서 손짓했고, 중설이 형은 어디론가 걸어갔다.

칠손이는 상수 형님을 보고 반갑게 꼬리쳤다. 내가 칠손이 머리를 쓰다듬었다. 상수 형님이 올가미를 씌우라고 눈짓했다. 올가미를 내미는 내 손이 부르르 떨렸다. 칠손이는 혀를 내밀어서, 올가미를 든 채 이미 나 자신이 통제할 수 없을 정도로 떨고 있는 손을 핥았다. 내가 올가미를 씌운 게 아니라 칠손이가 올가미 안으로 머리를 들이밀었다. 그러고도 내 손만 핥아댔다.

상수 형님이 그런 나를 보면서 소리 나지 않게 혀를 찼으나 이내 깡마른 얼굴이 냉정해졌으며, 올가미의 끝을 잡아서 다리 난간에다 묶었다. 내가 두 손으로 칠손이 얼굴을 잡았다. 그때 상수 형님이 칠손이를 발로 슬쩍 밀어버렸다. 눈 깜짝할 새 일어난 일이었다. 나는 칠손이가 비명을 질렀는지 안 질렀는지 그것도 모른다. 내가 다리 아래를 내려다보았을 때는 모든 것이 끝나 있었다.

상수 형님이 담배꽁초를 물에다 버리고 다리 밑으로 내려갔다. 나도 따라갔다. 상수 형님이 마른풀을 걷어내면서 죽은 개 쪽으로 걸어갔다.

"어떤 사람들은 개고기가 맛있다고 사나흘을 목매달아놓기도 하고, 어떤 사람들은 목매단 개를 막대기로 후려치면서 죽이기도 하지만…… 우리는 그렇게는 못한다. 나도 숱하게 개를 잡아봤다만 개를 잡은 날은, 늘 잠을 못 잔다."

상수 형님의 목소리는 유독 가늘었다. 순한 눈빛이 빠져나간 칠손이는 늘어진 쌀자루하고 비슷했다. 바로 몇 초 전까지만 해도 뜨거운 혓바닥으로 내 생살을 간질이던 움직임이 이렇게 쉽게 멎어버리다니. 죽음이란 이런 것이구나.

"시우야, 넌 누구 임종하는 것 못 봤지? 나는 다섯 분이나 지켜봤다. 사람도 이래. 이렇게 눈 깜짝할 새 죽어. 다 그런 거야."

상수 형님이 손을 뻗어 죽은 개의 눈을 감겨주었다. 그런 다음 혼자만 들을 수 있는 목소리로 뭐라고 중얼거렸다. 아직 정오도 되지 않았거늘 상수 형님의 눈에는 빨간 노을이 가득 차 있었다.

"이제 털을 끄슬러야 하는데, 밑에 물이 있어서 어렵겠다. 다시 묶어야겠다."

상수 형님이 다리 위로 가서 난간에 묶인 올가미를 풀었다. 내가 개를 안았다. 어찌나 무겁던지 당황하면서 얼른 내려놓았다. 그놈 몸속에 눈물이 가득 차 있는 모양이다. 그게 미안했다. 차라리 죽음에 대한 언질을 미리 해주고서 마음껏 울음판이라도 벌이게 했더라면, 그랬더라면 이렇게 무겁지 않았을 텐데……. 나는 혼자서 개를 물이 닿지 않는 곳으로 옮긴 다음, 아직도 목에 묶여 있는 올가미를 다리 위로 내밀었다. 상수 형님이 올가미를 받아서 다시 묶었다.

중설이 형이 어디선가 짚단을 가지고 와서 아래로 던졌다.

나는 짚단을 받아서 개 밑에다 놓았다. 중설이 형이 내려오더니 그 짚단을 옆으로 치우고 지푸라기 한줌을 뽑아서 죽은 개 밑으로 놓았다. 다리 위에 쪼그려 앉은 상수 형님이 헛기침을 쏘았다.

"이장, 자네는 도와줄 생각 말게. 이건 시우가 해야 해."

"형님. 시우가 어떻게 합니까?"

"그러니까 하는 거야."

중설이 형은 어색하게 웃으며 한 발 물러섰지만 나를 바라다보는 눈빛에는 도와주지 못해서 미안하다는 뜻과 이런 일을 굳이 하지 않아도 공부만 잘하면 살 수 있거늘, 이런 일을 억지로 시키는 상수 형님을 이해할 수 없다는 반항의 뜻이 교차하고 있었다. 그래도 중설이 형은 하고 싶은 말을 꾹 참았고, 부들부들 떨면서 라이터 불을 붙이는 내 손을 보더니 그만 눈길을 돌려버렸다.

다리 밑에서 검은 연기가 살아올랐다. 연기는 몸을 비비 틀면서 하늘로 길을 잇고 있었다. 연기는 흐르고 있었다. 아래로 흐르는 게 아니라 위로 위로만 흘렀다. 연기가 개의 영혼이 가는 길을 닦아주고 있었다.

불이 개의 몸으로 번졌다. 치지지이, 털을 사르는 불길은 사나웠다. 냄새가 코를 찔렀다. 지금까지 이렇게 역한 냄새를 맡아본 적이 없었다. 나는 재채기를 하면서 뒤로 물러났다.

"뭐 하냐? 불이 꺼지겠다."

다리 위에서 상수 형님이 다그쳤다.

나는 다시 재채기를 하면서도 개 앞으로 걸어왔고, 지푸라기를 불길 속으로 밀어넣었다.

사람들이 하나둘씩 다리 위로 모여들었다. 들에서 돌아오는 사람, 읍내에 갔다가 오는 사람, 집에서 나오는 사람, 밭에서 내려오는 사람, 연기를 보고 나오는 사람. 사람들은 내가 개를 잡는 모습을 보고 놀라는 표정을 지으면서도 누구 하나 나서서 말리지 않았다. 그저 싸움구경이나 불구경만큼이나 재밌는 구경거리를 만났다는 표정을 지었을 뿐.

"그놈의 개새끼 한번 먹음직스럽네."

"그러게 말이야. 사료를 먹여 키운 개는 살만 포실포실하게 쪄서 맛이 없어. 역시 밥을 먹여 키운 개라서 속살이 튼실하구먼."

"우리 산악회에서 몇 번이나 달라고 해도 안 주더니……. 아들 약해 먹이려고 그랬구먼."

"이런 놈 쓸개를 먹으면 한 십 년은 젊어질 것이네."

"수컷이라면 불알이 좋을 텐데……."

나는 힘겹게 불을 지켜가고 있었다. 죽은 개의 털을 잡아먹던 불길은 밑불이 약해지기만 하면 엄살을 부리면서 이내 사그라졌다. 그때마다 나는 당황하면서 지푸라기를 개 밑으로 던졌다. 그러다보니 개의 뒷다리와 엉덩이 쪽의 털만 사라지고 다른 쪽 털은 살짝 그을렸거나 뭉그러져 있었다.

다리 위에서 어른들 목소리가 날아왔다.

"막대기로 문지르면서 해야 해, 아무리 지푸라기를 많이 태워도 속털은 안 끄슬러져."

"너무 불기운을 세게 질러대면 고기가 맛이 없어."

내가 두리번거리자 중설이 형이 막대기를 내밀었다.

다시 누군가 말했다.

"지푸라기를 한 주먹 쥐고, 그 끝에다 불을 붙인 다음 막대기로 털이 뭉친 곳을 문질러가면서 살살 불을 붙여가야 해. 가랑이 밑에 있는 털을 잘 *끄슬러야* 해."

"막대기를 너무 세게 문질러도 안 돼. 살살……."

나는 지푸라기에다 불을 붙이고 막대기로 문질렀다. 이제 칠손이는 알아볼 수 없었다. 그 보들보들한 털은 거의 사라져버렸고 맨들맨들한 살이 드러났다.

개는 입을 헤벌리고 있었다. 나는 벌어진 입이 마음에 걸렸다. 개가 무슨 말을 하고 싶었는지도 모른다. 나는 그런 생각을 하면서 불길을 개의 몸 구석구석으로 옮겨갔다.

"됐어, 됐어."

"그만하면 초보치고는 훌륭하네."

위에서 누군가 올가미를 풀었다. 개가 다리 밑으로 내려왔다.

중설이 형이 도와주었다. 칼과 도마도 내려왔다. 중설이 형이 칼을 갈아서 개 앞에 앉았다. 다시 상수 형님이 카랑카랑한 목소리를 내질렀다.

"어이, 이장. 칼을 시우한테 주게. 시우가 언제 이런 걸 해보겠나? 이것도 공부네."

중설이 형은 입을 헤벌리고 위를 보면서 이렇게까지 할 필요가

있냐고 쏘아보았다. 그 정도 했으니 나머지 일은 자신이 하겠다는
뜻이다.

"자네 맘은 알지만 오늘은 시우가 해야 하네."

상수 형님의 눈빛은 더욱 단호했다.

"다 너를 위해서다. 이것이 너한테 피가 되고 살이 될 것이다. 그
렇게 알고 해봐라."

"그래 맞는 말이다. 시우 네가 먹는 닭고기며 오리고기며 소고기
며 돼지고기가 다 이렇게 해서 네 몸속으로 오는 것이다."

"우선 배를 가르고 천천히……."

"간 밑에 있는 쓸개부터 찾아서 떼어내야 해."

다리 위에 쪼그려 앉은 사람들이 저마다 한마디씩 내놓았다.

중설이 형이 물을 떠다가 개한테 끼얹었다. 물이 매끄럽게 털 없
는 개를 타고 내려갔다. 중설이 형이 개의 몸을 손바닥으로 박박 문
질렀다. 내가 하려고 하자 잠깐 쉬라고 하였다. 나한테 마음의 여유
를 주기 위해서 일부러 배려하고 있었다. 이번에는 어른들도 막지
않았다.

"나도 너만 할 때 개를 잡아봤다. 괜찮아. 칼이 잘 드니까 조심해
라."

중설이 형이 개를 눕히고 다리를 잡아주었다. 성스러운 어머니의
상징인 개의 젖무덤이 나란히 줄지어 있었다. 중설이 형은 그 젖무
덤 사이를 갈라야 한다고 속삭였다.

나는 머리를 툭 쳤다. 멍했다. 눈앞에 보이는 모든 풍경이 흐렸다.

나는 사람들이 시키는 대로 움직였다. 이 일은 내 의지를 믿고는 도저히 할 수가 없었다. 내 몸이 건전지 따위로 움직이는 인조인간이었으면 좋겠다. 이제 그만 건전지가 방전되어 모든 의식이 끊어져버렸으면 좋겠다. 나는 그런 생각을 하면서도 칼을 개의 살갗으로 가져갔다. 손에다 힘을 모았다. 아무리 칼에다 힘을 주어도 개의 몸속으로 칼날이 파고들지 못했다. 물렁물렁한 개의 살이 순식간에 돌멩이로 변해버렸을까.

"손에서 힘 빼라. 힘으로 하는 것이 아니다."

"그냥 힘 빼고 연필로 금 긋듯이 하면 돼."

어른들의 목소리가 내 몸으로 스며들었다.

내가 아무리 힘을 빼려고 해도 손아귀로 몰린 힘이 흩어지지 않았다.

'까짓것 죽기 아니면 살기다.'

나도 모르게 진만이의 목소리를 곱씹으면서 그렇게 마음속으로 소리쳤고, 그와 동시에 칼이 스르르 움직였다. 칼이 개의 배에다 길을 냈다. 길에서 검붉은 피가 흘렀다. 나는 "허걱!" 하고 비명을 질렀다.

"이러다가 사람 잡겠네, 잡겠어."

중설이 형은 그런 나를 보면서 다리 위에 있는 사람들을 쳐다보았다. 누구 한 사람이라도 우군만 있다면 당장 내 손에 든 칼을 뺏

어버리겠다는 눈빛이었다.

나는 죽은 개의 몸에서 피가 나올 줄은 전혀 예상하지 못했다. 죽음과 동시에 피의 흐름도 정지되면서 굳어버리는 줄 알았다. 검붉은 피가 개의 몸을 타고 아래로 뚝뚝뚝 떨어졌다. 저것이 개 눈물이구나. 개는 죽어야만 제대로 운다. 그 눈물은 검다. 나는 검은 눈물을 두 손으로 받았다.

다시 다리 위에서 어른들이 소리쳤다.

"물로 피를 닦고, 조심해서 배를 갈라라."

"뱃속에 든 것들이 상하지 않게 조심조심……."

"생김새만 개지, 네 몸속하고 똑같다. 간도 있고, 콩팥, 쓸개, 창자…… 간 밑에 보면 쓸개 있다. 그것부터 찾아라."

마음을 진정하려고 해도 칼이 개의 몸속으로 파고들수록 손이 떨렸다. 땀이 턱을 타고 아래로 뚝뚝뚝 떨어졌다. 영락없이 눈물을 닮았다. 그러고 보니 몸속으로 흐르는 것들은 다 눈물을 닮았다. 피, 오줌, 땀, 물…… 심지어 고름까지도.

개의 배를 갈랐다.

"우엑!"

나는 헛구역질을 하면서 고개를 돌렸다. 달아나고 싶다. 내가 왜 이곳에 있는지, 왜 이런 짓을 해야만 하는지, 저 사람들이 왜 나에게 백정 노릇을 시키고 있는지 악을 쓰면서 따지고 싶었다.

어른들은 그럴 틈을 주지 않았다. 그들은 숱한 경험으로 조금도 방심하지 않고 몰아붙였다.

"보이지? 뱃속에 든 것들이……. 그것이 바로 네 몸이다. 우리 몸이야."

"뱃속에 있는 것들이 몸을 먹여 살린 것이다. 눈이랑 발이랑 귀랑 말이랑 다 그 뱃속에 있는 것들이 먹여 살리는 것이다."

"어서 쓸개를 찾아라."

"거기 간 밑에 있다."

중설이 형이 서두르라고 눈짓했다.

나는 간 주위를 보았다. 없다. 아무리 보아도 쓸개가 보이지 않는다.

"뭐 하냐! 여기서도 보이는데……."

"시우가 공부하느라고 눈이 나빠진 모양이네."

"거기, 거기, 손가락만 한 파란 것이 쓸개여."

"아이고 답답해. 거기 보이는데……."

어른들이 아무리 소리쳐도 내 눈에는 쓸개가 보이지 않았다. 손으로 간 밑을 들추어보아도 쓸개로 추정되는 것은 없었다. 숱한 어른들의 목소리가 웅웅거렸다.

나도 쓸개가 무슨 일을 하는지 안다. 어른들이 손가락만큼 크다고 하니까 금방 눈에 띄어야 한다. 참 이상한 일이다. 이상하다. 중설이 형은 내 눈이 이미 평상심을 잃었음을 알았다. 그렇다고 나서지도 못하고 그냥 어정쩡하게 위만 보다가 초동 할아버지하고 눈빛이 마주쳤다. 중설이 형은 초동 할아버지가 우군임을 알았고 간절히 도와달라고 눈빛으로 하소연했다. 초동 할아버지가 헛기침을 하더니 상수 형님을 보고는 "가만가만, 내가 내려가겠네" 하고 나서자 아무도 다른 말을 하지 못했다. 초동 할아버지는 다리 밑에서 손을 씻은 다음 내 옆으로 왔다. 초동 할아버지가 나를 보고 웃었다. 너무 걱정하지 말라는 뜻이다. 내 등도 두들겼다.

"시우야, 때로는 눈을 떠도 안 보이는 법이다. 눈이란 그런 것이다. 눈은 보이는 것만 보여. 살다보면 멀쩡한 것도 헛것으로 보이게 하지. 자, 눈을 감아라."

나는 눈을 감았다. 눈꺼풀을 내렸어도 눈앞이 캄캄하지 않았다. 노랬다. 눈을 뜨고 다른 세계에 들어온 느낌이었다.

"손을 믿어라. 때로는 눈보다 귀보다 코보다 손이 더 잘 볼 때가 있다. 옳지, 그것이 간이다. 그 밑에 밋밋하고 길쭉한 것, 그것이 쓸개다."

내 손이 미지근한 온기들, 살아 있는 것들만이 전할 수 있는 그 따스함을 뇌로 전달하였다. 그런 느낌들이 낯설지 않았다. 어디선가 많이 만져본 듯했다. 어머니의 자궁바다에서 살았을 때부터, 어머니의 젖을 온몸으로 느낄 때부터……. 비록 내가 구체적으로 기억하지는 못해도, 내 손은 그 모든 기억들을 복원해내고 있었다.

"마음으로 봐라. 눈보다는 손이 더 마음에 가까워. 눈이란 그런 것이다. 세상 모든 것을 쉽게 볼 수는 있어도 마음하고는 멀다. 그러니까 눈을 너무 믿지 마라."

내 손이 쓸개로 추정되는 덩어리를 잡았다.

"옳지, 그것이다. 자, 살짝 잡아당기면 된다."

내 손아귀에는 개의 쓸개가 들어 있었다. 작은 꽃을 따듯이 쓸개를 떼어냈다. 눈을 떴다. 쓸개가 눈에 들어왔다.

상수 형님이 말했다.

"초동 할아버지한테 드려라."

"나는 안 먹네. 자네가 먹소."

"그래도 제일 어른이니까 드세요."

위에서 술병이 내려왔다. 중설이 형이 잔에다 술을 채웠다.

초동 할아버지가 술잔을 받았다. 중설이 형이 쓸개를 내밀었다. 초동 할아버지가 쓸개를 받아서 술잔에다 넣었다. 햇살이 술잔에 가득 찼다. 쓸개는 어머니의 자궁 속에서 꼼지락거리는 작은 생명 덩어리 같았다.

"고맙다. 우리 시우 덕에 내가 이것을 다 먹고……."

초동 할아버지는 술잔을 하얀 수염이 웃자란 입으로 가져갔다.

나는 다시 눈을 감고 있었다. 어서 나머지 일도 해치우고서 이 자리를 벗어나고 싶은 마음뿐이었다.

"시우야, 너도 한잔 해라. 자, 받아라."

초동 할아버지가 술잔을 내밀었다. 내가 망설이니까 중설이 형이 어깨를 툭 쳤다.

"우리 마을에서 제일 어른이 주는 술이다. 어서 받아."

"이런 술을 받는 것도 복이다, 복이여."

나는 어른들 성화에 못 이겨 술잔을 받았다.

"단숨에 쭉 들이켜라. 다 비워야 써."

초동 할아버지의 가느다란 목소리가 들렸다.

나는 술잔을 입술에다 대고 입을 벌렸다. 뭔가 입 안으로 떨어졌다. 어젯밤에 먹었던 술은 무지무지 썼는데 지금은 하나도 쓰지 않았다. 쓰기는커녕 달다. 뜨겁다. 나는 꼴깍 술을 삼켰다. 뭔가 뭉클한 덩어리가 목구멍에 걸렸다. 뱉어내려고 했다.

그때 초동 할아버지가 내 어깨를 툭 쳤다.

"그냥 삼켜라."

나는 뱉어내고 싶은 충동을 꾹 눌렀다. 뭔가 목구멍 아래로 떨어졌다. 순간 맥이 풀렸다.

"한 잔 더 받아라."


호주머니 속에서 휴대전화가 울렸다.

내가 전화를 받지 않자 중설이 형이 받으라고 눈짓했다.

"이제 쓸개 찾았으니까, 나머지는 쉬울 것이다. 너도 좀 쉬었다 해라."

나는 휴대전화를 끄집어냈다. 진만이다. 나는 '1978년 4월 준공'이라는 글씨가 또렷하게 새겨져 있는 다리 기둥을 한 손으로 문지르면서 안쪽으로 걸어갔다.

진만이는 내가 전화를 받자마자 심각하게 엄살까지 부리면서 말을 했지만, 이상하게도 목소리에는 그놈 특유의 능글능글함이 배어 있었다.

"시우야, 나 귀싸대기를 맞아서 고막이 터져버린 것 같다. 정신이 몽롱하다. 술 마신 것처럼 정신 하나도 없다. 새봄이 아빠한테……. 새봄이 아빠가 특수부대 출신이란다. 허걱, 딱 한방에 내 몸이 누가 걸어찬 빈 깡통처럼 날아가버렸는데…… 야, 걱정 마라. 그래도 죽지는 않았으니까…….."

"나도 정신이 몽롱하다!"

내가 짧게 받아쳤다.

"뭘 했길래 몽롱하냐?"

"나 개 쓸개 찾았다!"

"뭐, 개 쓸개? 너 어제 나한테 개를 잡아봤냐고 어쩌고저쩌고 하더니, 진짜 개를 잡은 모양이구나…….."

"하여간 이제 편안하다."

"나도 편안하다."

나는 아무것도 없는 손을 펼쳤다. 뭔가 엄청난 것을 놓아버린 기분이었다. 그와 동시에 오른쪽 다리 벽에다 어깨를 기댔다. 벽은 군데군데 철근이 드러나도록 상처투성이에다 마른풀이 우거져 있었지만 앞으로 수백 년의 세월을 버티어낼 정도로 튼튼해 보였다.

나는 물소리 같기도 하고 바람소리 같기도 한 진만이의 웃음소리를 들으면서 반대편 벽을 보았다. 그쪽은 햇살이 거의 들지 않아서인지 똑같은 다리 밑이어도 훨씬 어둡다. 군데군데 흙때와 이끼들이 시멘트의 살이 되어 있었고, 다리 밑에서 올라왔는지 아니면 옆으로 기어왔는지 알 수 없지만 몇 가닥의 깡마른 덩굴식물이 억척스럽게 벽을 수놓고 있었다. 그 덩굴식물 사이사이에 오래된 글자들이 꿈틀거렸다. 나는 눈을 찌푸리면서 그쪽으로 다가갔다. 단순한 낙서가 아니라 이 마을에서 한 시절을 살다 간 온갖 사람들의 노래였다. 건전지에서 뽑아낸 숯검댕이로 쓰거나 페인트를 이용했거나 아예 시멘트를 쇠연장으로 파냈거나 쪽물 같은 염색재료를 이용했거나……. 그렇게 자기들만의 방식으로 새겨놓은 신화들이 어두운 다리 밑에서 살고 있었다.

— 혜숙아, 난 너 없으면 살 수 없어. 영재한테 시집가면 죽도록 미워할 거야. 제발 나한테 돌아와줘. 너를 미치도록 사랑하는 해식이.

— 성주야, 너 나 차면 지옥까지 따라간다. 꿈도 꾸지 마라. 다 안다. 나 귀신이 될지도 몰라.

— 나, 개 잡았다……. 미안하다, 쫑.

— 처옥아, 미안하다. 정말 미안하다. 잘살아라. 너를 사랑했던 바보가.

— 엄마 아빠, 용서해주세요. 이 딸을 용서해주세요……. 아기 잘 키울게요. 은희.

─아가, 네 옷 태워서 강으로 보낸다.

─나를 용서해줘……

─엄마 미안해.

─아빠, 사랑해.

─죽는다.

─돈이 살이다.

─별이 되고 싶다.

─……히히히……

─여기는 개 도살장이다……

─……공부가 안 될까……

운 좋게도 세월의 때를 타지 않아서 당사자의 애절한 마음을 살짝 엿볼 수 있는 글보다 세월에 삭아 해독이 불가능한 글자들이 더 많았다. 이런 신화들이 다리 밑에서 바글거리고 있을 줄은 몰랐다. 나는 더듬더듬 글씨를 쫓아다니다가 바닥을 내려다보았다. 잘생긴 황토색 돌멩이 하나가 눈에 들어왔다. 그 돌멩이를 집었다.

"칠손아, 미안하다. 정말 잘살게……."

"시우야. 너 지금 뭐라고 하냐? 내 말 듣고 있냐? 칠손이라니……."

나는 아무런 대꾸도 하지 않고 키득키득 웃어댔다.

─어렸을 때가…… 어

─……대학 떨어졌다……

—……끝장……

—……서울…… 좋은 직장……

나는 그 끝에다 돌멩이를 긁어대기 시작했다.

—나는 나중에 개로 태어날 거다. 바람처럼 달려다니는 들개
로……

문자 메시지
발신인

침까지 질질 흘리면서 맥없이 자울거리던 몸이, 다음 정거장이 H 중학교라는 건조한 여자 목소리 한방에 화들짝 놀라며 벌떡 일어났다. 슬기는 과장되게 컸던 몸짓을 달래면서 주위를 훑었다. 바로 앞에 진달래색 목도리를 두른 맑음새가 흔들리고 있었다. 슬기가 맑음새 어깨를 툭 건드리는 순간 버스가 멈췄다. 슬기는 버스 계단을 뛰어내리면서 맑음새를 불렀다.

흙 비린내를 품은 바람 냄새가 콧속으로 몰려들었다.

맑음새는 슬기 목소리를 듣지 못했는지 산허리에 세들어 있는 학교 쪽으로 경보걸음을 재게 놀렸다. 슬기는 키득키득 웃음을 달구면서 맑음새가 중심을 잃을 정도로 어깨를 낚아챘다. 맑음새는 약간 왼쪽으로 비틀거리면서 돌아다보다가 얼른 슬기의 눈을 피했다.

슬기는 멍해졌다. 거의 살을 비비다시피 하면서 지내는 친구였던지라 예상치 않은 반응에 어색해졌다. 슬기는 오른손으로 목을 몇 번 어루만진 다음

"나한테 뭐 기분 나쁜 거 있니?"

맑음새의 눈치를 살폈다. 맑음새는 고개를 옆으로 홱 돌리면서 너야말로 왜 그러냐고 툭 쏘아댔다. 슬기는 머리가 띵했다. 맑음새네 집이 더 머니까 당연히 맑음새가 먼저 타고 있었고, 나중에 탄 슬기는 자기 뒤쪽에 앉은 맑음새를 보지 못했다. 그럴 수도 있는 거 아닌가. 맑음새는 몇 번이나 슬기를 불렀다고 하면서 잔뜩 얼굴살을 구겼다. 그건 슬기한테 일부러 그런 거 아니냐고 은근히 따지는 표정이었다. 슬기는 묘하게 일이 꼬였고 자기가 무턱대고 억울하다고 하소연할 상황이 아님을 깨달았다. 그렇다고 일부러 못 본 체한 것도 아니고, 일부러 못 들은 체한 것도 아닌데 미안하다고 할 수도 없었다. 슬기가 얼굴에 달라붙는 햇살의 감촉을 느끼면서 변명을 하려고 하자, 맑음새는 더 이상 듣기 싫다는 투로 깡통을 발로 차고는 다시 빠르게 걸어갔다.

슬기는 하도 어처구니가 없어서 가만히 서 있다가 부글부글 끓어오르는 화를 삭이면서 윤지한테 메시지를 보냈다. 친구들 중에서 문자 치는 속도가 가장 빠른 윤지답게 금방 답장이 날아왔다.

─ 맑음새가 멀? 너야말로 왜 그러냐? 맑음새가 그렇게 만만해 보여!

슬기는 더욱 정신이 멍해지는 걸 느꼈다. 혹시 꿈이 아닌가 하고 머리를 흔들고 주위를 돌아다보고 날짜도 확인하고 자기 살도 꼬집는다. 겨울방학이 갈무리되는 날, 그동안 자주 보지 못했던 친구들을 보러 가는 날 이런 일이 일어나는지, 텔레비전 쇼프로에 나오는 몰래카메라처럼 친구들이 작정을 하고서 일부러 놀리는 건 아닌지. 윤지가 다른 사람이랑 헷갈리는 건 아닌지. 슬기는 꿈이 아닌 줄 알면서도 현실이 아닌 것처럼 자꾸만 다리를 헛디뎠다. 걸어가면서 다시금 조금 전에 있었던 일들을 최대한 객관적으로 표현하려고 신경 써서 메시지를 보냈다. 이번에도 윤지의 답장은 금방 날아왔다.

─다 알아. 말금새가 몇 번이나 불렀다는데 넌 못 들은 척하고, 자는 척했다메? 너 평소부터 말금새 무시했잖아? 오늘도 일부러 그런 거라는 거 다 알아. 넌 진짜 나쁜 애야!

어어, 점점……. 슬기는 가슴이 칵 막혔다. 자신이 느끼지 못하는 사이에 햇살받이창 하나 없는 지하실에 갇힌 기분이다. 오늘 일이야 맑음새가 오해할 만한 소지가 있다고 두세 걸음 물러설 수 있다. 하지만 평소에도 맑음새를 무시했다는 말은 도저히 인정할 수 없었다. 윤지는 슬기한테 너는 원래 그런 애였다고 쏘아댔다. 슬기는 이게 진짜 윤지가 보낸 거 맞나 확인을 하였고 진짜 맞다면 지금 윤지의 정신상태가 정상이 아닐 거라고, 분명히 다른 이유가 있을 거라고 생각했다. 슬기는 자기 손으로는 벗겨낼 수 없는 가면을 뒤집어쓴 기분이었다. 억울하고, 답답했다. 화도 났다. 사람이 살다보면 일생에 한두 번은 자신이 상상할 수 없는 이상한 일에 빠져든다고 한다. 오늘이 그런 날이 아닐까. 차라리 그런 날이었으면 좋겠다. 그렇다면 오늘이라는 시간이 지워지면 모든 게 정상으로 돌아올 테니까. 슬기는 두 다리가 자신의 몸을 학교 쪽으로 옮겨가는 줄도 몰랐고, 학교 정문 앞에 와서야 봄바람이 하얀 겨울의 잔해를 다 설거지해버렸음을 알았다. 그제까지만 해도 하얀 운동장에는 겨울바람이 으르렁거리고 있었다.

유달리 추웠던 겨울을 이겨내고 봄동처럼 얼굴을 내미는 친구들을 마주하여도 슬기는 건성건성 인사를 하였다. 맑음새하고 윤지는 슬기한테 눈길 한줌 주지 않았다. 두 사람의 뒷모습만 봐도 무척 화가 나 있음을 알 수 있었다. 뭔가 단단히 꼬여가고 있었다.

슬기가 어울려 다니는 친구는 모두 일곱이다. 맑음새하고 윤지는 같은 반이고 나머지는 반이 다르다. 슬기는 다른 친구들에게 전화를 걸기도 하였고 문자도 보냈다. 이상한 일이다. 아무도 전화를 받지 않을 뿐만 아니라 메시지 답장도 하지 않는다. 교실 청소를 하다가 책상 위에다 올려놓은 의자 하나가 떨어졌다. 순간 슬기는 같이 청소하는 친구들이 놀랄 정도로 "악!" 하고 비명에 가까운 소리를 질렀다. 의자가 교실 바닥이 아니라 자기 가슴속으로 떨어진 느낌이었다. 설마 친구들이……. 어느 틈에 슬기의 입 안으로 들어온 왕따라는 말이 빙글빙글 맴돌이쳤다. 슬기는 교실 청소가 끝나자마자 달아나다시피 하면서 교실을 빠져나온다. 슬기의 입속으로 침투

한 왕따라는 말도 삽시간에 세포분열을 하면서 입에서 뇌리로, 가슴으로, 아랫배로, 사타구니로, 허벅지로 총공격을 하면서 퍼져나갔다. 슬기는 억지로 웃으려고 하였다. 자신이 지나친 상상을 하고 있다고 억지로 여유를 부리려고 하였다. 억지로 발랄한 노래까지 불렀으나 아랫배가 어찌할 수 없을 정도로 아파왔다. 슬기가 극도로 긴장하거나 피곤했을 때 나타나는 현상이다. 슬기는 화장실에 가서 주르륵주르륵 설사를 했다. 이제 왕따라는 말은 무시무시한 괴물이 되어서 슬기의 몸속을 완전히 점령하였고 이성을 가진 인간으로서 할 수 있는 기억과 판단력까지 마비시켰다. 슬기는 저도 모르게 부들부들 떨었다. 슬기는 정말 자신이 맑음새를 무시했는지 더듬어보려고 하였으나 슬기의 몸 어느 기관도 그런 냉정한 임무를 담당하려고 나서지 않았다. 맑음새는 슬기보다 작고, 슬기보다 말수도 적고, 슬기보다 섬세한 친구다. 안개의 나라이자 영어의 발원지인 영국살이를 6년간이나 하였으므로 한국말보다 영어를 더 잘한다. 슬기는 맑음새의 입에서 흐르는 영어발음을 부러워한 적은 있어도, 일부러 미워하거나 질투해서 생긴 마음속 얼룩은 찾을 수 없었다. 더구나 맑음새를 무시했다니! 슬기는 소리 내어 아니라고, 정말 아니라고 도리질했다. 친구한테 해명을 하면 모든 매듭이 풀어질 거라고. 예전처럼. 그 또래 특유의 발랄함으로 나비처럼 날아오거나 바람처럼 다가가거나 혹은 참새들처럼 우르르 몰려다니면서 나팔꽃처럼 입을 크게 벌려 웃거나 꺅꺅 소리 지르면서.

어떻게 아파트 8층까지 올라왔는지 모른다. 슬기는 침대에 눕자마자 휴대폰을 끄집어냈다. 지금 이 순간 휴대폰만큼 자신의 마음을 아는 이가 없었고, 휴대폰에게 자신의 진심을 친구들에게 잘 전해달라고 간절하게 부탁하고 싶었다. 맨 먼저 휴대폰에서 우인이라는 이름을 불러냈다.

얼굴이 곱상하여 얼짱으로 통하는 우인이는 자기 푸념처럼 먹성이 너무 좋아서 필요 없는 살들이 많이 달라붙어 있는 게 흠이다. 우인이는 웃자란 몸만큼이나 대범하고 시원시원하다. 슬기는 우인이야말로 꼬일 대로 꼬인 이 매듭을 풀어줄 수 있는 적임자라고 고개를 끄덕였다. 전화기에서 우인이 목소리가 울렸다. 슬기는 대뜸 "우인아!" 하고 소리부터 질렀다. 우인이는 아무런 반응이 없었다. 슬기는 갓 말귀 트이기 시작한 아이가 엄마한테 억울함을 하소연하듯이, 오늘 있었던 일들을 떠듬떠듬 입 밖으로 까불어냈다. 하지만 우인이는 슬기의 말허리를 자르면서 약간 허스키한 목소리에다 묵직하게 힘을 실어 비꼬았다. "넌 어쩔 수 없는 애구나!" 그 한마디에 슬기는 휴대폰을 떨어뜨렸고, 눈에서 부글부글 끓던 눈물이랑 목구멍에서 부글부글 끓던 숱한 하소연들이 한순간에 얼어버렸다. 슬기는 자신의 몸이 숨을 쉬고 있는지 확인받고 싶었다. 그만큼 충격적이었다.

슬기는 얼굴을 박박 씻은 다음 우인이한테 욕이라도 실컷 퍼부어주려고 평소에 종종 써먹던 몇 가지를 떠올렸다. 안타깝게도 실전에서는 한 가지도 제구실을 하지 못했다. 아무리 혀를 놀려도 욕들이 까불어지지 않았다. 그래, 우인이는 덩치만 크지 줏대가 없어. 슬기는 고작 그 말을 뇌까리고는 푸른이를 휴대폰에서 불러냈다. 푸른이는 친구들한테 너무 소심하다고 손가락질을 당할 정도로 매사에 신중하다. 그렇지만 무슨 일에 푹 젖어들면 전혀 다른 얼굴이 되어버린다. 어쩌면 그래서 연극배우가 되고 싶어하는지도 모른다. 슬기는 푸른이의 감실감실한 얼굴을 눈앞에다 펼쳐놓고, 너야말로 친구들 중에서 가장 속알맹이가 여문 아이라고 거듭거듭 중얼거렸다. 그만큼 푸른이한테 위로받고 싶었다. 푸른이의 목소리가 귓전으로 기어들었다. 슬기는 지금 자신이 빠져 있는 질펀질펀한 상황을 굳이 감추고 싶지 않아서 터져나오는 한숨까지 버무려가면서 하소연했다. 푸른이는 슬기의 가슴에 쟁여진 말들이 어느 정도 바닥날 때까지 기다렸다가 더듬거렸다. 오해일 수도 있으나 다른 친구들이 다 그렇게 판단하니까, 자신도 어쩔 수가 없다고. 그 이상의 말은 보태지 않았다.

슬기는 휴대전화의 숨을 죽이면서, 푸른이야말로 친구들 중에서 가장 사려 깊은 사람이라고 우대하였던 자신이 얼마나 어리석었는지를 깨달았다. 슬기는 푸른이를 눈앞에서 지우려고 애를 썼으며, 다시 휴대전화를 살려서 다해를 찾았다. 180센티미터에 가까운 키 때문에 '젓가락 행진곡'이라는 별명이 붙은 아이. 키 큰 사람들이 그렇듯이 매사에 싱거운 구석이 종종 눈에 띄었으나 백만 불짜리

볼우물로 상대방을 녹여주었던 아이. 슬기는 다해의 목소리가 포착되자 가슴을 토닥거리면서 주관식 사회문제를 풀듯이 입을 놀렸다. 다해는 슬기한테 물음표도 던지고 따지기도 하였고 이해한다는 말도 던졌지만 다른 친구들이 추렴해놓은 '넌 나쁜 아이다'라는 판결에 이의를 제기하지 않았다.

슬기는 화장실 바닥에 주저앉았다. 그동안 무리를 지었던 여섯 명의 친구들 중에서 다섯 명하고 소통을 하려고 했다. 하지만 친구들은 이미 모여서 슬기에 대해서 토론을 한 다음 중대한 결정을 내렸음을 알 수 있었다. 그래도 마지막으로 예지의 말을 듣고 싶었다. 예지는 친구들 사이에서 옷 잘 입기로 유명하다. 그만큼 패션감각이 있다. 예지는 여드름밭으로 변한 그 넓은 이마를 겁 없이 드러낼 정도로 머리 스타일도 독특하다. 어딘지 엉뚱한 구석이 있다. 슬기는 은근히 그런 예지의 엉뚱함에 기대를 걸었다.

예지는 말을 돌리지 않았다. 그 첫마디가 "너 나쁘게 변했어"였다. 슬기는 제발 해명할 기회를 달라고, 억울하다고 소리치고 싶었다. 몸속에 떠돌고 있는 메아리를 모아모아서 혼신의 힘을 다해, 자신이 끌어올릴 수 있는 가장 높은 목소리로 울음소리를 터뜨리는 수탉처럼. 예지는 그럴 기회를 주지 않고 전화를 끊어버렸다. 슬기는 안간힘을 다해서 일어나 벽거울을 보았다.

155센티미터도 안 되는 작은 아이가 서 있다. 도드라지게 예쁜 얼굴은 아니어도 귀엽고 독특하다는 칭찬을 자랑으로 간직해온 아이. A형이지만 O형처럼 성격이 밝은 아이. 눈을 깜박이고 머리를 흔드는 틱 증세가 있으나 지금까지 아파서 구새 먹은 곳 없이 잘 자라온 아이. 잘한다고 박수 받을 정도로 뛰어난 재주는 없으나 그렇다고 특별히 못하는 것도 없는 정말 평범한 아이. 판타지 소설을 좋아하고 둘리 만화를 좋아하는 아이. 언젠가 남자친구가 생기면 자기만의 방식으로 참 잘해주고 싶은 아이. 그런 아이가 거울 속에서, 떨고 있다. 아무도 구조해줄 사람이 없어서, 이 세상이 끝나버린 것 같아서. 학교에서는 설마 했는데 이건 현실이었다. 이미 모든 게 끝난 상태였다. 슬기는 어쩌면 오늘 맑음새를 만나기 전에 이미 끝나 있었는지도 모른다고 쓴웃음을 지었다. 눈물도 나오지 않았다. 그저 부들부들 떨리기만 하였다. 잠시만 정신을 놓아버리면 15년간 살찌어온 몸이 삽시간에 해체되어버릴지도 모른다는 불안과 공포가 엄습하였다. 슬기는 그런 자신의 얼굴이 겁이 나서 거울에다 마구 물을 끼얹었다. 샤워기까지 끌어다가 거울 속에서 자신의 얼굴을 지워버리려고 하였다. 샤워기에서 나온 뜨거운 물이 자신의 얼굴을 지워버렸다. 슬기는 끄억끄억 울면서 거울을 보았다가 하마터면 비명을 지를 뻔했다. 뜨거운 김이 내려놓은 장막이 사라진 거울 속에는, 슬기가 아니라 정미가 있었다. 슬기는 다시 얼굴을 박박 문지르고 거울에다 찬물을 끼얹었다. 거울 속에 있던 정미는 은연중에 슬기로 변해 있었다. 정미를 완전히 잊고 살았는데 갑자기 그녀가 거울 속으로 나타나다니. 섬뜩했다.

슬기는 무리 중에서 정미하고 가장 친했다. 말투가 남자 같은 정미는 덜렁대면서도 친구들을 의외로 잘 챙기는 꼼꼼함도 있었다. 정미의 입에서는 끊임없이 유머가 샘솟았다. 아무리 우울한 일이 있어도 정미하고 잠시만 같이 있으면 마음이 풀어졌다. 정미는 가수를 꿈꿨다. 170센티미터 웃도는 호리호리한 몸으로 어지간한 연예인들의 춤을 다 체득하였고, 노래 역시 어지간한 가수들의 고음을 다 소화하였다. 얼굴이 조금 빠지지만 그거야 요즘 연예인들처럼 깎고 다듬으면 된다고 농을 치던 정미.

지난 여름방학 때였다. 시골 할머니네 집에 다녀온 슬기는 갑자기 걸려온 우인이 전화를 받고 얼마나 당황했는지 모른다. 우인이는 정미가 너무 잘난 체한다고 쏘아댔다. 어제 다해랑 셋이서 만났는데, 두 시간 동안 자기 자랑을 늘어놓았다니. 머지않아 S엔터테인먼트에 가서 오디션을 본다면서 벌써 유명한 연예인이 된 양 떠벌렸다니. 슬기는 믿어지지 않았다. 정미가 가끔씩 자기도 모르게 자기 자랑을 한다는 것쯤이야 알고 있었다. 아무도 그걸 꼬투리 잡은 적이 없었다. 모두 정미의 성격이라고 받아들였다. 그랬는데 상황이 달라졌다. 슬기도 모르는 사이에 친구들의 마음이 달라진 것이다. 우인이는 정미하고 단절하겠다고 했다. 오늘 다른 친구들이랑 만나서 충분한 이야기를 하였고, 그 결과를 슬기한테 통보한 것이다.

슬기는 너무 갑작스럽고 일방적이라는 생각이 들었다. 그렇다고 우인이 말에 대거리할 수도 없었다. 왠지 그래서는 안 된다는 긴장감이 맴돌았다. 슬기가 정미를 두둔했다가는, 더구나 정미하고 가장 가깝게 지냈기 때문에 덤으로 공격을 받을 수도 있다. 슬기는 그런 생각을 굴렸고 자기도 모르게 우인이 말에 맞장구를 쳤다. 슬기는 어찌된 내막인지도 모른 채 한순간에 정미를 내팽개칠 수밖에 없었다. 슬기한테는 아무런 해코지도 하지 않은 친구를, 다른 친구들 맘에 들지 않았다는 이유만으로. 우인이하고 내일 만날 장소를 정하고 전화를 끊자마자 정미한테 전화가 왔다. 이럴 수가! 금세 어색했다. 시골에서 올라오면서 계속 문자를 주고받으며 수다를 떨었던 친구. 달라진 건 아무것도 없는데 다른 목소리로 정미를 대해야 했다. 어색하고 힘들어도 진심을 말할 수 없었다. 정미는 울먹이고 있었다. 억울하다면서 만나서 해명하고 싶다고, 그 다리를 놓아달라고, 자기를 믿어달라고, 너는 나를 잘 알지 않냐고, 오해라고. 슬기의 마음은 심하게 흔들렸다. 한편으로는 당장 달려가서 위로해주고 싶었고, 또 한편으로는 단호하게 정미하고 선을 긋고 싶었다. 슬기는 정미의 목소리가 울음에 범벅이 되어 질퍽거리기 시작할 즈음 "나도 어쩔 수 없어, 미안해" 하고는 전화를 끊어버렸다. 그러고는 한동안 식구들 얼굴은 물론 집 안에 있는 텔레비전이며 소파, 시계, 천장, 바닥, 그 모든 것들을 쳐다보지 못했다. 자기 자신이 정미한테 엄청난 죄를 짓는 기분이었다. 전화기가 울릴 때마다 가슴이 벌렁거렸다. 먹기도 싫었다. 슬기는 밖으로 나가서 거의 뛰다시피 하면서 싸돌아다니다가 윤지의 전화를 받았다. 윤지는 노골적으로 정미를 어떻게 생각하냐고 물었다. 슬기는 피할 데가 없음을 알았다. 그래서 무용담을 늘어놓듯이 조금 전에 있었던 일들을 한껏 부풀려서 떠벌렸다. 떠벌리면서 슬기는 자신이 얼마나 비겁하고, 얼마나 얄팍하게 잔머리 굴리고 있으며, 얼마나 잔인한지 깨달았다. 슬기는 몸에서 반란을 일으키고 있는 떨림을 진압하려고 더 목소리를 높이면서 정미를 성토하였다. 그래야만 자기 몸을 흔들고 있는 떨림을 잠시나마 붙들어맬 수가 있었다.

다음 날 슬기네 무리는 모두 모여서 정미에 대한 성토를 하였고, 만장일치로 정미를 잘라내기로 하였다. 그 누구도 정미에 대한 아쉬움을 말하지 않았다. 그들은 만날 때마다 정미에 대한 안 좋은 소문이나 정미에 대한 나쁜 기억들을 하나씩 물고 와서 풀어놓고, 정미를 따돌린 것에 대한 정당성을 스스로 확인받고 싶어했다. 다른 친구들 앞에서는 일부러 정미를 왕따시켰다고 드러냈고, 정미가 더욱 고립되는 꼬락서니를 보아야만 목적이 달성되었다고 만족했다.

발랄하던 정미의 얼굴에서는 웃음이 말라버렸고, 현란하게 춤을 불러일으키던 다리는 힘을 잃어버렸다. 슬기는 몇 번 정미를 보았는데, 그건 정미가 아니라 정미라는 탈을 쓴 허수아비나 다름없었다. 정미는 늘 고개를 떨궜다. 거의 말도 하지 않았다. 간혹 정미는 슬기하고 마주치면 안간힘을 다해 도와달라는 눈빛을 보냈다. 그때마다 슬기는 눈을 돌려버렸다. 한번은 정미가 슬기하고 같이 찍은 사진을 슬그머니 가방 속에다 넣어주었다. 둘은 사진 속에서 강아지를 안고 놀았으며 부엌에서 라면을 끓여먹었다. 둘은 분명 허물없는 사이였다. 그런 표정이 사진에 증거로 남아 있었다. 슬기는 그 사진이 부담스러웠다. 혹시 다른 친구들 눈에 띄기라도 한다면. 슬기는 결국 그 사진을 찢어서 버렸다. 환하게 웃고 있는 정미 얼굴을, 슬기의 어깨를 잡고 노래하고 있는 정미를, 정미의 빨간 모자를 쓰고 웃는 자신의 얼굴을 급하게 없애버렸다.

슬기네 무리는 푸른이를 새 친구로 받아들였다. 우인이가 데리고 온 친구였다. 푸른이는 매사에 신중하고 남의 말을 잘 하지 않아서 슬기는 좋았다. 다른 친구들도 푸른이를 반겼고 정미는 가물가물하게 멀어져갔다. 정미가 사라지고 그 빈자리가 채워졌으나 슬기는 여러 가지 틱 증세가 동시에 나타나면서 불안에 떨었다. 이유를 알 수 없는 불안감. 그럴수록 슬기는 친구들하고 더 많은 시간을 가지려고 하였다. 친구들 속에 섞여 있을 때에만 불안하지 않았다.

아침바람이 차가워지면서 슬기의 코가 맹맹해져갈 무렵 정미 엄마한테서 전화가 왔다. 슬기는 정미 엄마를 자주 보았기 때문에 귀에 설지 않았지만 자신이 정미를 왕따시킨 주범인 것처럼 가슴이 뜨끔하였다. 정미 엄마는 슬기를 나무라지 않았다. 다른 친구들을 탓하지도 않았다. 정미한테 문제가 있었음을 인정했다. 그러면서 도와달라고 하였다. 정미가 학교를 그만두려고 한다고. 그러니까 한때 가장 친했던 슬기가 도와줬으면 고맙겠다고. 슬기는 숨이 칵 막혔다. 아무런 말도 할 수가 없었다. 정미 엄마는 계속 슬기가 부담스러울 수밖에 없는 말들을 하였다. 슬기는 "아줌마!" 하고 말했다가 또 몇 번을 더듬거렸고, 그러다가 어른이 이렇게 말하는 게 너무 부담된다고 말했다. 어른이 아이들 문제에 개입하는 게 너무 부담된다고. 정미 엄마는 슬기가 알 수 없는 목소리로 탄식하더니 짧은 울림을 보냈다.

"알았다."

그게 끝이었다.

슬기는 자신이 아주 못된 아이였다고 주억거린다. 어쩌면 그 벌을 받는지도 모른다고. 슬기한테 간절히 구원을 요청하였던 정미의 눈길, 딸의 친구한테 간절히 구원을 요청하였던 정미 엄마의 목소리. 슬기는 그걸 다 무시해버렸다. 슬기는 고개 숙이고 혼자 가는 정미 옆을 바람처럼 지나친 적도 있었다. 그때 정미는 슬기의 뒷모습을 보고 무슨 생각을 했을까. 새삼 그런 기억이 번져온다. 슬기는 가슴이 아팠다. 그때는 앞만 보려고 하였고, 정미가 그 어떤 목소리로 불러도 뒤돌아보지 않겠다고 하였다. 결국 정미는 10월에 전학을 갔다. 그런 정미가 보고 싶다. 지금이라도 미안하다고 말하고 싶다. 왜 이제야 정미의 아픔이 느껴질까. 왜 같은 처지가 되어야만 상대방의 아픔을 느낄 수 있을까. 슬기는 불쑥 거울 속에 있는 자신을 쏘아본다. 정미한테 미안하다고 말하고 싶은 게 진심이니? 거울 속에 있는 슬기는 얼른 대답하지 못하다가 누군가의 눈치를 보더니 더듬더듬 입을 연다.

"아니, 솔직히 내가 위로받고 싶어. 솔직히 내가……."

슬기는 다시 찬물을 마구 얼굴에다 끼얹었다. 이제 알겠다. 자신이 왕따를 당할지도 모른다는 생각을 하는 순간부터 배앓이가 시작되고 머리가 어지러우면서 눈앞이 캄캄해지는 공포가 밀려온 이유를. 슬기 자신이 누군가를 아프게 해본 적이 있기 때문에, 누군가를 지독하게 외로움에 떨게 한 적이 있기 때문에, 그것이 얼마나 두려운 일인지 알고 있기 때문이다. 슬기는 정미가 얼마나 외롭게, 처절하게 고통을 받으면서 한 점 작은 점으로 사라졌는지를 너무나도 잘 알았기에.

슬기가 화장실에서 나올 무렵에 문자 메시지가 왔다.

— 너랑 너무 불편해. 앞으로 우리한테 문자도 하지 말고, 전화도 하지 마. 학교에서도 아는 체하지 마.

메시지 발신인으로 맑음새, 윤지, 푸른이, 다해, 우인이, 예지 이름이 적혀 있었다. 슬기도 이런 메시지를 무리의 이름으로 정미한테 보낼 때 참여한 적이 있다. 그들은 한자리에 모여서 정미에 대한 이야기를 한 다음 마치 최후통첩을 하듯이 글을 썼으며 모두 서명하였다. 그래야만 힘을 갖는다는 걸 알았고, 그래야만 무리의 결속력이 생긴다는 걸 알았고, 그래야만 한 인간으로서 생기는 약해지는 감정을 덜어낼 수 있음을 알았다. 예상을 했음에도 불구하고 막상 그런 메시지를 받자, 슬기는 다리가 휘청거렸다. 슬기는 화장실에 가서 변기에 앉았다. 다시 설사가 나왔다.

엄마 아빠가 같이 들어왔다. 슬기는 속마음을 들키지 않으려고 애를 썼다. 가급적 말을 아꼈고, 밥을 먹자마자 자기 방으로 와서 책을 펼쳤다. 책만 펼쳐놓고 앞으로 어떻게 해야 할지 궁리를 하였다. 친구들 얼굴이 떠오르면 떠오를수록 자신이 없고, 친구들로부터 떠나고 싶었다. 친구들도 슬기한테 크게 실망을 했다지만 슬기 역시 실망했다. 친구들이 다시 자신을 받아준다고 해도, 그런다고 해도 슬기는 예전처럼 헤헤거리며 웃을 수 있을지 자신할 수 없었다. 정미처럼 시간을 끌면서 애걸하고 싶지도 않았고, 엄마의 도움을 청하고 싶지도 않았다. 시간을 끌수록 가슴에 옹이 진 상처만 깊어갈 것임을 슬기는 잘 알고 있었다. 전학이라는 단어가 떠올랐다. 전학이란, 수많은 방법 중에서 신중하게 고민하고 고민하여 고른 선택이 아니라 어쩔 수 없이 받아들여야 하는 막다른 골목이나 다름없었다. 기왕 전학을 갈 거면 하루라도 빨리 친구들로부터 벗어나고 싶었다. 슬기는 곧 전학 간다고, 자신을 따돌린 친구들에게 항변이라도 하고 싶었다. 어쨌든 슬기는 그 결심을 굳혔고, 더 이상 이 문제로 자신을 학대하지 말자고 다짐하였다. 그러자 비로소 잠이 왔고, 다음 날 냉정한 마음으로 학교에 갈 수 있었다. 슬기는 자기 친구들하고 부딪힐 때에도, 나는 곧 전학 가니까 더 이상 건드리지 말라는 표정을 일부러 지으려고 했으나 뜻대로 되지 않았다. 친구들만 보면 애걸하고 싶었고, 이상하게도 자신이 작아지면서 누군가 밟으면 죽을 수 있는 바퀴벌레가 되는 기분이 들었다.

　오후에는 학교 도서관에서 독서토론이 있었다. 열두 명 중 슬기네 무리가 반을 차지했다. 국어선생님하고 도우미 아주머니까지 모두 열네 명이 둘러앉았다. 이번에 토론할 책은 『삼국지』였다. 두 달이라는 긴 시간에도 불구하고 책을 다 읽어온 아이는 몇 명 되지 않았다. 친구들은 일부러 슬기한테는 눈길 한번 주지 않았다. 이미 눈치 빠른 다른 친구들은 그런 상황을 재빠르게 맥 짚고는 묘한 웃음을 날렸으나 선생님하고 도우미 아주머니는 눈치채지 못했다. 아니 눈치채고도 모른 체하는지도 모른다. 어쨌든 슬기는 친구들한테 철저하게 버림받았다는 사실을 다시금 깨달았다. 이미 전학을 가겠다고 마음속으로 한 매듭을 지었고, 더 이상 동요하지 말자고 자기 자신을 다그쳐보아도 한없이 비참해졌다. 당연히 자신을 보고 반갑게 웃어야 할 친구들이 외면하자 피가 마르는 기분이었다. 한 사람의 외면하는 숨소리도 감당하기 벅차거늘 여섯 명의 숨소리를 감당하려니까, 숨이 막혔다. 어색함을 넘어, 쓸쓸함을 넘어 죽고 싶었다. 그만큼 친했기 때문에, 친한 이들이 주는 침묵은 슬기를 힘들게 하였다. 아무도 원하지 않는 곳에 앉아 있는 그 낭패감. 친구들의 다정한 목소리가 들려올 때마다 친구들이랑 친하게 지낸 지난 세월이 아픔으로 다가왔다. 아무리 초연하려고 해도 주눅이 들었고 얼어붙었다. 도망치고 싶었다. 그들의 눈으로부터, 그들의 목소리로부터, 그들의 웃음으로부터, 그들의 그리운 기억으로부터, 그들의 모든 것으로부터.

　잠깐 맑음새하고 눈이 마주쳤다. 둘 다 못 본 체하려고 눈을 돌렸다. 순간 지난 12월 독서토론 때 있었던 일이 떠올랐다. 맑음새는 토론회 자리에서는 아무런 말도 하지 않더니 끝나자마자 슬기한테 지적을 하였다. 슬기는 왜 이제 와서 말하냐고 맑음새가 무안할 정도로 화를 냈다. 그 기억이 떠오르자 다른 기억들이 덩달아 묻어서 떠올랐다. 일주일 전 푸른이 생일 때 늦게 왔다고 구박하던 일, 사흘 전 영화를 보고 오다가 별로 재미없었다고 하자 한심하다고 말한 일까지. 슬기가 일부러 한 것은 아니다. 자기도 모르게 그런 상황이 생긴 셈이다. 그런 정도의 일이라면 다른 친구들도 숱하게 많았다. 맑음새 역시 슬기한테 막말을 한 적이 몇 번 있었고, 우인이도 그랬고, 윤지도 그랬다. 슬기는 그런 이유만으로 따돌림을 당한다는 것에 대해서 받아들일 수 없었고, 오히려 자신이 분노하면서 따지고 싶었다. 현실은 그 반대였다. 친구들은 슬기한테 최소한의 변명할 기회도 주지 않았다. 아무리 전학이라는 말을 새김질하고 또 새김질하면서 차분해지려고 해도, 얼마 뒤에 있을 전학이 문제가 아니라 지금 당장을 견디어내는 것이 너무나도 힘들었다. 잠깐 쉬는 시간에 친구들이 자기들끼리만 모여서 간식을 먹고, 자기들끼리만 종알거리는 걸 보니, 슬기는 또다시 마음이 허물어지려고 했다. 슬기는 자리에서 움직이지 않았다. 화장실에라도 가면, 자신이 감당할 수 없을 정도로 허물어질 것 같았다. 슬기는 이 자리에서 죽어버렸으면 좋겠다고 생각했다.

　독서토론이 끝나자 친구들은 우르르 몰려나갔고, 다른 무리들도 나가고 슬기만 혼자 남았다. 슬기는 시계를 보면서, 시간이 얼마나 불공평한지 처음으로 알았다. 시간이란 게 그냥 인간이 만들어낸 시계에 따라가는 게 아님을 알았다. 시간은 늘어나기도 하고 줄어들기도 하고 빨라지기도 하고, 한마디로 제 맘이다. 슬기는 한 백년쯤 지난 것 같은 느낌이 들었다. 지금 거울을 보면 호호백발 할머니가 거울 속에 있을 것 같았다. 그만큼 두 시간이 길었다. 슬기는 고작 두 시간을 버티면서 백년이라는 세월을 겁 없이 들먹였는데, 이런 시간을 수십 번도 더 가진 정미는 얼마나 많은 세월을 떠올렸을까. 정미는 어떤 마음으로 그 시간을 버티었을까. 슬기는 왕따당한 정미가 삭였어야 할 시간의 아픔을 처음으로 받아들였고, 그것은 어제부터 자기 몸에서 일어나는 여러 가지 불안한 증세들보다 훨씬 더 큰 고통임을 알았다. 몸속으로 찾아온 증세들은 이겨낼 수 있지만 자기 마음대로 할 수 없는 시간이 주는 고통은 정말 어찌할 수 없었다. 슬기는 집에 오자마자 정미의 미니카페에 들어갔다. 정미의 카페는 이미 폐쇄된 지 오래였다. 정미가 보고 싶었다. 그리웠다. 궁금했다. 전학 간 정미는 예전 그 성격을 되찾아서 잘 지내고 있을 것이다. 어쩌면 오디션을 보기 위해서 춤에 푹 빠져 있을 수도 있고, 조금 내려앉은 콧등을 세우는 수술을 받았을 수도 있고, 춤 잘 추는 남친이랑 놀고 있을지도 모른다. 그런 상상들이 줄줄줄 떠올랐다.

슬기는 휴대폰에서 정미 이름을 찾으려고 하다가 고개를 흔들었다. 정미의 전화번호는 지워진 지 오래였다. 눈을 감았다. 잊어버린 줄 알았던 정미의 휴대전화 번호가 떠올랐다. 크게 심호흡을 한 다음 기억나는 숫자를 누르자, 이 번호는 없는 번호입니다 하는 여자의 목소리만이 울려퍼졌다. 슬기는 허탈하게 앉아 있다가 수첩을 뒤졌다. 정미네 집 전화번호는 쉽게 찾을 수 있었다. 단조로운 신호음이 갔다. 누군가 전화를 받았다. 슬기는 약간 멈칫하다가 "여보세요?"라고 말했다. 정미가 받을 줄 알고 미안하다는 말부터 내뱉으려고 단단히 준비를 하고 있었다. 그런데 정미 엄마의 목소리가 들리자 한편으로는 맥이 풀리고 다른 한편으로는 더욱 당황하여 하마터면 전화를 끊을 뻔했다. 정미 엄마는 대뜸 알아챘다.

"어머, 슬기야. 슬기 맞지? 고맙다. 잘 지내지? 다른 친구들도?"

"예, 정미도 잘 지내요?"

정미 엄마는 잠시 뜸을 들였다. 그 시간이 얼마나 길게 느껴지던지, 슬기는 자신을 왕따시킨 친구들 얼굴을 하나씩 다 낚아올렸고, 쓸쓸하게 학교를 떠나가는 정미를 상상하고도 남는 시간이었다. 슬기는 그 시간을 견딜 수 없었다.

"정말 미안해요. 제가 너무 못돼서요."

슬기의 입에서 나오는 목소리에는 울림이 있었다. 그만큼 솔직했다.

"아니야. 나도 이해해. 그런 상황이라면 쉽지 않았을 거야. 더구나 너희들 나이에는……."

슬기는 정미 엄마의 말이 다 끝나기도 전에 가슴속에서 터져나오는 말을 간신히 삭이면서 말했다.

"아니에요! 저는 못됐어요! 죄송해요, 너무……."

슬기는 더 말했다가는 가슴이 폭발할 것 같아서 어금니에다 힘을 주었다. 정미 엄마의 한숨소리가 귀를 아프게 찌른다.

"정미는 이 학교에서도 힘들게 지낸단다. 워낙 밝고 낙천적인 성격이라 금방 헤헤거리며 다른 친구들을 달고 다니려니 했는데……. 그게 쉽지 않구나. 정미는 성격도 변해버렸어. 이제는 말도 없고, 소심하고……."

정미가 성격까지 변했다는 말을 듣자 슬기는 더욱 마음이 무거워져만 갔다.

"친구를 사귈수록 불안하대. 두렵대. 친구 사귀는 게 무섭대. 아무리 공들여서 사귀어도, 하루아침에 따돌림당할 것만 같은 불안감. 그럴 바에는 아예 안 사귀겠대. 근데 친구 없이 학교생활이 되니? 참 어렵단다. 정미는 무리지은 친구들한테는 가까이 가지 않으려고 해. 무리가 주는 공포가 어떤 건지 알거든. 일 대 일 친구관계 속에서는 설령 맘에 안 맞아 헤어지더라도 이렇게 큰 아픔이 따르지는 않아. 근데 사 대 일, 오 대 일, 육 대 일로 따돌림을 당하면 그 충격은 그 숫자만큼, 아니 숫자의 제곱만큼, 어쩜 그 이상으로 커지는 거거든. 그래서 무리를 두려워하는 거지. 그러다보니 친구를 사귀기가 어렵지. 무리에 들지 않은 아이들은 거의 없다고 봐야 하잖아? 그래서 어쩜 학교를 그만둘 수도 있어. 홈스쿨 같은 거……. 근데, 이번에는 내가 양보하지 않을 작정이야. 이렇게 자꾸 도망치다가는 나중에 혼자 살지도 못해. 이 세상은 넓지만 도망칠 곳은 그리 많지 않거든. 지금이 그런 상태란다."

슬기는 고막이 멍해짐을 느꼈다. 왜 정미가 이렇게 힘들어할 거라는 생각을 하지 않았는지. 단 한 번도 그런 생각을 하지 않았다. 철저하게 정미를 잊으려고 한 건지 아니면 정미가 다른 학교에 가서 씩씩하게 지낼 거라고 생각했는지, 그건 모르겠다. 아무튼 슬기는 정미가 떠나간 뒤 친구들하고 헤어지기만 하면 불안감에 시달렸다. 이제야 그 이유를 알겠다. 그건 슬기도 정미처럼 왕따당할지 모른다는 불안이었다. 언제 친구들이 자기 몰래 뒷말을 할지 또 누가 왕따를 당할지 늘 두렵다. 그건 아무도 알 수 없었다. 친구들은 남들 눈에는 끈끈해 보여도 언제 누군가 왕따당할지도 모른다는 불안감에 시달렸고, 그러면 그럴수록 친구들에게 더욱 집착하면서 불안한 생각을 몰아내려고 애를 썼다. 슬기는 정미가 떠난 뒤 그 누구에게도 속마음을 보여준 적이 없다. 마음을 열고, 친구들한테 진심으로 다가간다는 게 겁이 났다. 언제 어느 때 친구들에게 왕따당할지 모른다는 불안감이 더 이상 친구들에게 다가가지 못하게 하였고, 친구들이 눈치채지 못할 만큼만 적당하게 거리를 두게 했다. 슬기는 친구들이 카멜레온 같다고 종종 비밀일기장에다 고백했다. 상황에 따라 친구에 따라 얼굴색을 달리해야만 하는 불안전한 존재들. 슬기는 좀 더 가슴을 열고 만나기를 희망하면서도 무리 안에서는 그것이 불가능하다는 걸 잘 알고 있었다. 여럿이 모여 있다는 것 자체가 개인 개인의 사소한 감정표현을 제대로 할 수 없게 한다는 것을. 그러면서도 무리가 주는 편안함을 즐기고 만족했다.

슬기가 정미를 보고 싶다고 하였다. 정미 엄마는 더욱 가라앉은 목소리를 보내왔다.

"글쎄, 그건 내 몫이 아니구나. 만나고 싶으면 네가 직접 연락해라. 물론 정미가 너를 반길지 그건 모르겠다만……."

"저를 많이 미워했지요? 저라도 그랬을 거예요."

"아니라면 사람이 아니지. 실은 나도 너한테 서운했는데……. 그렇지만 정미한테 친구들 미워하지 말라고 했다. 아직은 다들 미숙해서, 서툴러서 그런 거니까. 그리고 잘된 일은 아니지만 왕따시키는 쪽보다 당하는 쪽이 낫다고 했다. 좋은 경험이라고. 너는 다른 친구들에게 이런 아픔을 주지 말라고. 네가 아파한 만큼 다른 친구들을 지켜주라고. 비록 지금은 정미가 힘들어하지만 이 시기만 이겨내면 난 정미가 깊어지리라고 믿는다. 아마 지금은 너를 많이 미워하고 있을 거다. 어쩜 너한테 아주 심한 말을 할 수도 있다. 그래도 보고 싶다면…… 용기를 내봐라. 그것도 용기야. 조금 늦었으나 늦었다고 생각할 때가 가장 빠른 거야. 설령 정미가 반기지 않아도 너는 그만큼 정미한테 한 걸음 다가간 거야. 그 뒤에는 시간이 해결해주는 거야. 서두르지 말고 천천히 가다보면…… 서로를 이해해주면서 만날 때가 있을 거야."

"아줌마, 저는 정말 나쁜 애예요. 정말요!"

슬기는 다시 울컥 눈물이 솟구쳤다. 어제부터 오늘까지 백 번도 더 운 기분이다. 내가 이렇게 눈물 많은 아이였구나 하고 슬기는 입술을 깨물었다.

"저는요, 그때 정미가 준 사진까지, 사진까지 다 찢었거든요. 어쩜 제가 그렇게……."

정미 엄마는 아무런 말도 하지 않았다. 어쩌면 지금 슬기의 속마음을 훔쳐보았는지도 모른다. 슬기는 너무 한꺼번에 터져나오는 울음 때문에 말을 잇지 못했다.

"솔직하게 말해줘서 고맙다. 괜찮아. 사진이야 다시 찍으면 되고……. 거듭 말하지만 너희들은 생김도 다르고, 살아온 환경도 다르고, 생각도 달라. 그러니까 같이 지내다보면 서로의 단점이 보이고, 미울 때도 있고, 보기 싫을 때도 있고 그래. 그건 당연한 거야. 다만 그럴 때 극단적으로 행동하지 않기를 바랄 뿐이야. 집단 따돌림이란 게 얼마나 끔찍한 일인지 이제야 아줌마도 알았어. 그건 내가, 부모인 나조차 감히 상상할 수 없는 고통과 외로움을……."

정미 엄마는 잠시 목소리를 끊었다가 다시 말을 이었다.

"어제도 정미한테 말했다. 이건 네가 풀어야 한다고, 힘들고 도망치고 싶어도 이겨내야 한다고, 그건 아무도, 부모도 해줄 수 없다고. 세상에 생겨난 죄로, 세상에 생겨난 모든 풀과 나무들이 그렇듯이 너도 혼자 해결해야 하는 게 있다고. 이번 일로 인해서 너는 더 당당해지고, 당당해지는 것은 더욱 너다운 모습을 찾는 거라고. 다행히 정미가 노력하겠다고 하더구나."

정미 엄마는 정미한테는 아직도 시간이라는 약이 필요하다고 하면서, 너무 걱정하지 말라고 덧붙였다. 슬기는 지금 정미의 상태가 자신의 예상보다 훨씬 심각한 상태임을 알았다. 정미의 휴대폰 번호를 긁적거리는 손이 제대로 중심을 잡지 못했다. 그날 밤 슬기는 집 전화를 들고 열 번도 넘게 정미의 휴대전화 번호를 눌렀다가 얼른 수화기를 내려놓았다. 두려움이 큰 만큼 정미를 보고 싶은 마음도 부풀어올랐다.

슬기는 겉모습만큼은 전과 다름없었다. 같이 몰려다녔던 무리하고 마주쳐도 애써 태연할 수 있었고, 자신이 왕따당했다는 사실을 안 다른 친구들하고 마주쳐도 아무렇지도 않다는 표정을 지어낼 수 있었다. 물론 속마음은 그럴 수 없었다. 친구들이 끼리끼리 몰려다니거나 수군거리는 걸 보면 자기도 모르게 움츠러들었다. 슬기는 학교수업만 끝나면 집으로 달려왔다. 학교에 있으면 즐겁지 않았다. 아무리 마음을 다잡으려고 해도 속상하고 심란해졌다. 친구들만 보아도 마음이 어지럽고 집에만 가고 싶었다. 집에 와서 부모님 얼굴을 보면 너무 편안해졌다. 안도감을 느꼈다.

슬기는 날마다 전학에 대한 고민을 했다. 가능하다면 멀리 가고 싶었다. 해외도 좋고 지방도 좋다. 가끔씩 엄마는 강남으로 이사를 가고 싶다고 했지만 그것이 얼마나 어려운 일인지 슬기도 잘 알고 있었다. 현실적으로 이 집을 팔아도 강남에 가서는 세 식구가 살 만한 전셋집을 구할 수가 없었다. 이래저래 머리만 아팠다. 그래도 기회만 생기면 엄마한테 이야기를 할 작정이었다.

정월 대보름을 하루 앞둔 토요일이었다. 슬기네 식구는 전라도 할머니네 집에 갔다. 내일이 할머니 생신이지만 올 사람들은 많지 않았다. 슬기네 식구하고 광주에서 대학을 다니고 있는 사촌언니들이 와 있었다. 슬기는 몇 년 전에 돌아가신 큰엄마를 떠올렸다. 큰엄마는 할머니 못지않게 자상했고, 특히 슬기가 좋아하는 연예인들을 좋아한다면서, 연예인들에 대한 정보를 끝없이 듣고 싶어했다. 그런 큰엄마가 보이지 않자 집 안이 너무 쓸쓸해 보였다. 오곡밥을 먹고 나자 꽹과리 소리가 요란하게 울려퍼졌다. 할머니가 마을에서 오랜만에 보름맞이 굿을 하니까 어서 구경 가자고 했다.

할머니를 따라 마당으로 나갔다. 사이좋게 어깨를 맞대고 살아가는 대나무들 사이로 지금까지 슬기가 본 것 중에서 가장 크고 둥근 얼굴이 떠오르고 있었다.

할머니조차 그 나이를 모를 정도로 오래오래 살아온 당산나무가 서 있는 회관 앞으로 어림잡아 백 명 아니 백오십 명도 넘어 보이는 사람들이 사태를 이뤘다. 마을에 있는 집들을 다 합쳐도 육십 가구가 넘지 않았고, 게다가 가구마다 혼자나 둘이 사는 노인들이 대부분이라서 이렇게 많은 사람들이 모인 건 좀 놀라웠다. 아이들도 제법 눈에 띄었다. 대보름이 주말에 걸쳐 있어서 할아버지 할머니 댁에 온 아이들도 많았고 아랫마을에서 어른들 손을 잡고 온 아이들도 있었고, 그냥 지나가다가 차를 세우고 어른들 손에 끌려나온 아이들도 있었다. 마을이 큰길 가에 있어서 가능한 일이었다. 키가 크고 머리가 하얗게 센 마을이장이 마이크를 들고 개그프로에 나온 이장처럼 "예에, 예에" 하면서 말을 하였다. 세상은 점점 풍요로워지고 있다고 하는데 농촌은 점점 쓸쓸해지고, 이러다가는 고향도 사라질 것 같아서 이십 년 만에 보름맞이 굿을 조촐하게 벌이게 되었다고. 돼지를 두 마리 잡았으니까 여기 오신 분들은, 오늘만큼은 모든 시름 다 비우고 편안하게 드시고 한판 흥겹게 놀고 가시라고. 이미 몇몇 할머니들이 술이랑 고기를 돌리고 있었다. 풍물패도 다시 소리를 띄우기 시작했다. 절반은 여기저기 쪼그려 앉아서 음식을 들었고, 절반은 풍물패에 묻어서 흥을 부르고 있었다. 슬기는 풍물 치는 사람들을 자세히 보았다. 상쇠는 다리를 저는 키가 작은 할아버지였다. 그 뒤를 따르는 사람들도 모두 다 할아버지나 할머니였다. 징을 들고 있는 사람만이 유일하게 50대 초반이었다. 소고를 든 할머니들 뒤에는 옷차림이 시골 사람들하고 다른 아주머니들도 몇몇 엉겨붙었고, 양복차림을 한 할아버지 한 분이 풍물패 가운데로 가서 어깨춤을 추었다.

달은 사람들을 내려다보면서 흐뭇하게 웃고 있었다.

풍물패는 당산나무를 중심으로 빙글빙글 돌았다. 몇몇 사람들은 힘에 겨운 나머지 대열에서 이탈하여 숨을 몰아쉬었다. 특히 상쇠 할아버지 뒤에서 꽹과리를 치던 키 큰 할아버지가 가장 힘들어하였고 장고를 멘 할머니하고 할아버지는 "힘들다, 힘들다!"는 말을 크게 내뱉으면서 주저앉았다. 그렇지만 편하게 쉴 수 있는 상황은 아니었다. 모여든 사람들은 요즘 보기 드문 원주민들 굿을 보고는 자신들의 열망까지 다 담아서 흥을 돋워주기를 갈망하고 있었다. 슬기 할머니도 춤을 추고 있었다. 슬기 엄마도 시어머니 뒤에 붙었다. 사촌 언니들도 보였다. 할머니가 슬기를 잡아당겼다. 슬기 아빠도 끌려왔다. 그 밖에 마을사람들도 덩실덩실. 생전 처음 보는 사람들, 살아온 환경도 다르고, 나이도 다르고, 말도 다르고, 생각도 다른 사람들하고 손을 잡았다. 슬기도 흥겹게 어깨를 들썩거렸다. 이런 느낌은 처음이었다. 저도 모르게 꽹과리 치는 흉내까지 내면서 그런 흐름에 몸을 맡기고 있었다. 편안했다. 이런 흐름대로 살 수만 있다면 얼마나 좋을까. 슬기는 그런 생각을 키우고 있었다. 뒤에서 큰아빠가 슬기의 어깨를 잡아당겼다.

"슬기야, 너 꽹과리 칠 줄 알아?"

뜻밖의 질문이었지만 슬기는 마치 이런 순간을 기다렸다는 듯이 고개를 끄덕였다. 슬기는 사물놀이를 5년이나 배웠다. 중학교에 오면서 그만두었지만 꽹과리하고 장구는 제법 부릴 줄 안다. 물론 이렇게 큰 마당에서 놀아보지는 못했다. 고작해야 구민회관 강당에서

5분 내외 짧은 발표회를 두어 번 가졌을 뿐이다. 큰아빠가 앉아서 쉬고 있는 키 큰 할아버지의 꽹과리를 들고 왔다. 어디서 그런 용기가 났는지 모르겠다. 슬기는 동네 할아버지 할머니들 틈으로 묻어 들어 용감하게 꽹과리를 치기 시작했다. 처음 몇 번은 가락을 놓쳤으나 이내 한소리가 되었다. 슬기 할머니가 우리 손녀딸이라고 하면서 가장 좋아하였다. 슬기는 황홀했다. 짜릿짜릿한 흥겨움이, 짜릿짜릿한 자신감이 온몸을 훑어내렸다.

슬기가 꽹과리 치는 것을 본 허리가 기역 자로 굽은 어떤 할머니가

"우리 손자도 장구 배웠는데……."

하고 나서자, 이장이 장구를 메고 쌕쌕 숨을 몰아쉬고 있는 할머니의 장구를 들고 왔다. 슬기보다 어린 그 여자아이는 자꾸만 주위를 두리번거리면서 못 하겠다고 뒷걸음질쳤다. 몇몇 어른들이 잘할 수 있다고 북돋아주자 더듬더듬 따라가면서 장구채를 놀리더니 이내 얼굴이 환해졌다. 슬기는 자기보다 장구 다루는 솜씨가 부드럽다고 웃어주었다. 그러자 또 다른 아주머니가 이장한테 가서 뭐라고 말했고, 이장은 풍물패로 가서 힘들게 북을 치고 있는 할아버지를 불러냈다. 초등학생으로 보이지만 다소 비만일 정도로 살이 찐 남자아이는 가죽이 찢어질 정도로 북을 쳤다. 그렇게 아이들 셋이 풍물패에 가세하자, 이 마을하고 전혀 연고가 없는 사람들이 데리고 온 아이들도 들썩거렸다. 키가 작은 남자아이는 용감하게 자기도 장구

를 칠 줄 안다고 하였고, 슬기보다 조금 큰 여자아이는 자기 엄마 손에 끌려서 꽹과리를 들었다. 이쯤 되자 상쇠 할아버지가 풍물을 할 줄 아는 아이들은 다 나오라고 하였고, 열 명이 넘는 아이들이 나왔다. 상쇠 할아버지만 남고 다른 할아버지 할머니는 모두 물러났다. 아이들은 서로가 한 번도 만난 적이 없었고, 한 번도 손발을 맞춰본 적이 없었다. 그래도 아이들은 어색하지 않았고, 불편해하지 않았다. 아이들은 서로의 눈빛으로 반가운 인사를 하였고, 지금까지 살아온 만큼 힘차게 판을 벌였다. 아이들에게 꽹과리와 장구와 북을 넘겨준 할아버지 할머니는 달빛만큼이나 흐뭇하게 웃고 있었다.

슬기는 온몸으로 땀기운을 맛보았고, 달집이 환하게 일어설 즈음 사람들이 날 잡아서 기다리는 줄 알고 맑게 치장하고 나온 달을 보았다. 그때 왜 정미가 떠올랐는지, 수많은 사람들 중에서 왜 정미의 창백한 얼굴이 간절하게 떠올랐는지 모르겠다. 슬기는 몸 안에서 샘솟는 모든 힘을 모아 꽹과리가 터져나가도록 내리쳤다. 그러면서 앞에 있는 상쇠 할아버지, 뒤따르는 아이, 그 옆에서 춤추는 어떤 아주머니, 할머니, 엄마, 큰아빠, 아빠까지 다 돌아다보았다. 달집은 모든 사람들의 염원을 모아서 동그랗게 달이 떠 있는 곳까지 따스한 열기를 내뿜고 있었다.

암탉

어젯밤에는 온 산을 포옥 감싸안을 만큼 달무리가 커다랗게 품을 벌리더니 2교시가 시작되자마자 빗방울이 떨어졌다. 겨울의 끝물에서 시위를 하던 빗줄기는 수업이 갈무리되고 교문을 나설 즈음부터 사나워졌다. 겨우내 주눅 들어 지내던 햇살이 요 며칠새 자신감을 되찾았는지 마음껏 빛을 뿌리며 푸르게 수놓은 길이 흙탕물로 엉망이었다.

나는 우산을 쓴 친구들 무리에서 한참 뒤처진 채 아버지하고 문자 메시지를 주고받았다. 이미 머리는 흠뻑 젖어버렸다. 나는 비를 덜 맞으려는 어떤 노력도 하지 않았다. 달려오는 마을버스가 보이자 그제야 걸음을 조금 다그쳤을 뿐이다.

마을버스 의자에 앉아서 눈을 감았다. 1교시가 끝나자 수지가 할 말이 있다면서 나를 복도로 불러냈다. 수지는 내가 작년에 이 학교로 전학 와서 유일하게 사귄 친구다.

"있잖아, 그동안 너에 대해서 많이 생각해봤는데…… 네가 너무 불편해. 있잖아, 내가 이러면 안 된다는 거 알면서도…… 미안해. 넌 친구라고는 나밖에 없잖아? 왜 그래? 왜 나한테 집착해. 그게 첨에는 별로 이상하지 않았는데, 네가 너무 나를 챙기고…… 그러니까 불편해. 그냥 뭐랄까, 다른 친구들하고 같이 가려고 하면 항상 네가 와 있고. 내 말 알겠지? 난 너뿐만 아니라 다른 친구들하고도 친하고 싶은데, 너하고 친해진 뒤로 다른 친구들도 멀어지고……. 혹시 전에 왕따 같은 거 당한 거 아냐……."

나는 뭐라고 한마디도 내놓지 못했다. 가슴이 두근거렸다. 나는 외로움의 깊이가 얼마나 끔찍한지 잘 알고 있었다. 그래서 수지가 답답하다고 다그쳐도 울고만 싶을 뿐 한마디 말을 할 수 없었다. 수지가 조금만 건드려도 지금까지 서투른 무게로 다져온 삶이 와르르 허물어져버릴지 모른다는 불안감이 엄습했다.

마을버스는 봄풀들이 꽃을 피우면 오롯이 눈맛을 돋울 것 같은 들길을 달리다가, 고압선 철탑들이 덤벙덤벙 올라가고 있는 계곡 쪽으로 몸을 돌렸다.

나는 종점에서 내렸다. 마중 나와 있어야 할 아버지가 보이지 않았다. 이상했다. 나는 다시 전화를 하려다가 고개를 흔들었다. 빗물이 입으로 스며들었다. 오리가 떠올랐다. 한겨울에도 비만 내렸다 하면 날개를 흔들면서 춤추는 멋쟁이들. 오리는 참으로 흥이 많다. 오리는 참으로 낙천적이다. 오늘도 춤을 추고 있겠지. 오리가 부럽다. 어서 오리를 보고 싶다.

집까지는 한달음에 뛰어갈 수 있는 거리였으나 앞에서 으르렁거리며 들이치는 빗줄기 기세에 눌려 엄두가 나지 않았다. 전원주택 단지 안으로 들어서자 사람들의 수발을 받으면서 편안하게 살아가는 벚나무들이 바람의 서슬에 눌려 억지춤을 추었고, 희뿌연 안개들이 낮게 숨죽이면서 자기들의 세력을 넓히고 있었다.

계곡 건너편에 있는 목조주택이 희미하게 아른거렸다. 위쪽 연보라색은 홍박사네 집이고 아래쪽 노란 목제주택이 우리 집이다. 홍박사네 집은 정원까지 잘 다듬어진 상태고, 우리 집은 짓다 만 집처럼 을씨년스럽다. 정원수 하나 없고 잔디도 깔려 있지 않다.

계곡을 가로지르는 다리가 보였다. 내가 오는 걸 기가 막히게 알아내고는 다리 앞까지 마중 나와서, 오리들 특유의 수더분한 눈빛에다 반가운 표정을 짓는 그들. 나는 학교에서 좋지 않은 일 때문에 힘들어하다가도 오리만 보면 머리가 맑아졌다. 오리는 날마다 새로운 느낌을 주는 신비한 동물이다.

나는 뛰어가려다가 주춤 서고야 말았다. 우리 집 왼쪽 공터에서 노란 비옷을 입은 사람이 보였다. 까만 우산을 쓴 아버지도 있었다. 그제야 아버지가 왜 마중 나오지 않았는지를 알았다. 오리들은 보이지 않았다. 내가 유독 아끼는 넉살이가 그 특유의 맑은 목소리로

꽈악꽈악 반가운 인사를 했을 텐데.

"아니, 그 정도 말했으면 알아들어야지. 거 알 만한 사람이 왜 그래요!"

비옷을 입은 사람이 아버지한테 삿대질했다. 목소리에 잔뜩 날이 서 있었다.

"더 이상 말하지 않겠어요! 당장 동물들 치우세요! 여기 전원생활하러 왔지 지저분하게 닭이랑 오리 키우러 온 거 아니잖아요? 다 치우세요. 사스나 조류독감 같은 전염병이 돌면 어쩌려고 그래요! 토끼도 마찬가지고요!"

우리 식구는 주물럭주물럭 텃밭도 일구고 알콩달콩 동물들이랑 더불어 살기 위해 아파트를 버리고 이곳으로 이사 왔다. 우리 식구는 이곳이 마음에 들었다.

나는 이 모든 게 꿈이기를 바랐다. 오늘 학교에서 있었던 일도 꿈이고, 지금 눈앞에서 벌어지는 일도 꿈이었으면 좋겠다. 오리가 지저분하다니 그건 오리에 대한 모독이다. 오리가 얼마나 깨끗한데, 틈만 나면 자기 깃털을 정성껏 부리로 닦는데.

나는 오리를 찾으려고 공터를 휘둘러보았다. 한 마리도 보이지 않았다. 작년에 아버지랑 같이 싸리를 베어다가 동그랗게 울타리를 쳐서 만든 오리집이 보였다. 토끼장은 그 뒤편에 있었다. 야생에서 가축으로 퇴보해버린 조상들의 슬픈 피를 내림받고 살아가는 저 순한 오리들은 의붓어미 밑에서 살아가는 아이만큼이나 눈치 하나는 밝다. 지금도 자신들에게 상황이 좋지 않음을 알고는 끽소리도 내지 않고 숨어 있다. 속없는 암탉들만이 *꼬꼬꼬* 하고 자신들의 존재를 드러냈다.

"다시 한 번 말하지만 전원생활하러 왔으면 지저분한 동물들 키우지 마세요! 여기가 얼마나 좋아요, 수도권에서 이렇게 경치 좋은 곳 봤어요? 옆집에 골프연습장도 있으니까 골프도 치고, 화초 좋아하시면 여기에다 예쁜 화초를 사다가 심으시면 되고……. 정 동물을 키우고 싶으면 내가 품종 좋은 외국 강아지 구해다줄게요. 개를 키우세요. 개는 사람을 받들어 모시니까 다르지요. 닭하고 오리는 지저분하고 지하수도 오염됩니다. 냄새도 나고 시끄럽고, 안 그래요?"

나는 침을 꼴깍 삼켰다. 다시 귀가 멍해졌다. 나도 모르게 귀를 막았다.

재작년 가을, 그러니까 중학교 2학년 2학기 중간고사가 끝날 즈음부터 나는 친구들한테 따돌림을 당했다. 갑작스런 상황이라 한동안 받아들일 수 없었다. 내가 철저하게 친구들한테 버림을 받았다는 사실을 받아들이는 데 일주일이 넘게 걸렸고, 그때부터 걷잡을 수 없이 몸과 마음이 허물어졌다. 가장 먼저 입맛이 달아났고 걸핏하면 배앓이가 시작되더니 어지럼증까지 밀려왔다. 부모님이 그 사실을 알았을 때는, 내가 학교생활에 자신감을 잃어버린 뒤였고 무단결석을 사흘이나 한 뒤였다. 부랴부랴 부모님이 선생님하고 상담을 하였다. 왕따시킨 친구들도 만나보았다. 그 어설픈 개입은 상황을 더욱 악화시켰다. 친구들은 더욱 교묘한 방법으로 나를 힘들게 하였다. 어느 날 나는 교실에서 비명을 지르며 발작을 일으켰다. 보건선생님은 간질병 같다고 호들갑을 떨었으나 병원에서는 스트레스성 발작이라면서 정신과 치료를 하라고 하였다. 나는 정신과 치료를 받다가 겨울방학이 되자 시골 할머니네 집으로 갔다.

할머니네 집에는 오리 다섯 마리하고 닭 일곱 마리가 있었다. 나는 처음으로 오리들의 삶을 가까이서 볼 수 있었다. 나는 오리가 아주 특이한 동물이라는 것을 알았다. 뛰뚱뛰뚱 마당을 가로지르거나 뒤란으로 갈 때도 항상 무리를 지었다. 모이를 주면 닭들은 서로 많이 먹으려고 아옹다옹 다투었다. 하지만 오리는 절대 다투지 않았다.

"개보다 영악하단다. 저번에 산짐승이 오리 한 마리 물어갔지. 그러자 나머지 놈들이 밤새도록 잠도 안 자고 악을 써대는데…… 참, 별것이더라. 다음 날도 하루 종일 먹지도 않고 찾아다니더라. 닭은 안 그래. 다른 닭이 없어지건 말건 그저 자기들 목구멍만 채우면 그만이지. 오리는 달라. 오리 눈을 보면 표정이 담겨 있어."

나는 오리들을 보면서 할머니의 말이 조금도 과장이 아님을 알았고, 오리가 좋아지기 시작했다. 나는 설날 시골에 온 부모님에게 오리를 키우면서 살고 싶다는 뜻을 전했다. 부모님도 전학을 생각하고 있던 터라 찬성을 하였고, 용인 광교산 자락에 있는 전원주택을 얻어서 이사를 하였다. 우리 식구는 각자 동물들을 키우기로 하였다. 아버지는 토끼를, 어머니는 병아리를, 나는 오리를 샀다. 이름은 각자 붙였다. 어머니는 하얀 병아리한테는 구름이, 노랑 목털이 인상적인 까만 병아리는 노랑목도리, 부리가 비틀어진 병아리는 입삐툴이, 가장 예쁘게 생긴 병아리는 예쁜이라고 하였고, 아빠는 쑥색 토끼를 쑥떡이, 노랑색 토끼를 인절미라고 지었다. 나는 청둥오리를 닮은 수컷을 '의젓이'라고 지었고, 나머지 두 암컷은 '꺼벙이'와 '넉살이'라고 지었다. 꺼벙이는 어딘지 둔해 보이고 눈치도 빠르지 않았다. 항상 넉살 좋게 떠들어대는 넉살이는 눈치도 빠르다. 그래서 얄미울 때도 있으나 개가 짖듯이 "꽈과과아아!" 하고 소리쳐서 반가움을 표시할 때는 한없이 사랑스럽다. 병아리는 음복하듯이 물 먹는 모습이 가장 귀여웠고, 토끼는 앞발로 귀를 닦는 모습이 인상적이었다. 우리는 늘 자기 동물들이 최고라고 하면서도, 오리가 섬세하고 예민하다는 사실을 아무도 부인하지 않았다.

　나는 오리들을 보고 있으면 평화로움이 무엇인지 말하고 싶어졌다. 희극배우 같은 오리. 온갖 알 수 없는 감정들을 숨기고서 뒤뚱뒤뚱 걸을 때 보면 세상에서 가장 웃긴 동물들임을 알 수 있다. 가끔씩 고양이한테 쫓겨 한두 마리가 계곡으로 날아가면 나머지 오리들은 아무것도 먹지 않고 찾아나섰다. 그 의리에 나는 감동했다. 사람들도 오리처럼 왕따를 시키지 않는다면 얼마나 좋을까 하고 무척 부러워했다. 나는 오리를 키우면서 더 이상 신경정신과에 가지 않았고, 새로운 학교에서도 그럭저럭 적응을 하였다. 그래도 새로운 친구를 사귄다는 건 쉽지 않았다. 누군가에게 다가가거나 누군가

다가오면 더럭 겁부터 났다. 다시 왕따를 당하면 어쩌나, 그런 공포가 엄습했다. 그때마다 나는 물 밖에 나온 물고기처럼 파닥파닥 뛰는 심장을 달래기에 급급했다. 그러면서 수지한테만 더욱 집착할 수밖에 없었다.

내가 막고 있던 귀를 열자 아버지의 목소리가 들렸다. 줄곧 무방비상태로 예기치 않은 공격을 받아 어리벙벙해 있던 아버지는, 이제야 천천히 반격의 가닥을 잡은 모양이었다.

"알겠습니다만 동물들을 수백 마리 키우는 것도 아니고, 고작 몇 마리 키우는데……."

아버지의 입에서 그럴듯한 변명이 흘러나오려고 하자, 박회장은 눈썹에다 더욱 힘을 주면서 "아니, 이형!" 하면서 말꼬리를 낚아챘다. 손자들의 손을 잡고 아장아장 걸으며 세상을 향해서 넉넉한 웃음을 뿌릴 나이지만, 박회장의 눈빛을 보면 고집스럽다는 인상을 넘어 앞뒤가 칵 막혀 보였다.

"그렇게 말했는데도 못 알아들어요! 젊은 사람이라 합리적일 줄 알았더니 이거 말이 안 통하네. 여긴 농사짓는 시골마을이 아니에요! 전원생활을 하고 싶은 사람들이 모인 곳이라고요! 그리고 나라고 이런 말 하고 싶은 줄 알아요. 동네 사람들이 다 싫어해요! 겉으로는 표현을 못 하고, 나한테 와서 슬쩍 말하고 가요. 요 앞집 홍박사도 몇 번이나……."

나는 홍박사라는 말을 듣는 순간 "말도 안 돼!" 하고 소리칠 뻔했다. 홍박사는 여든이 넘은 할머니하고 둘이 산다. 아들하고 부인은 캐나다에 가 있다. 할머니는 우리 식구가 집을 비울 때마다 동물들 먹이 주는 당번을 자처했고, 한 마리만 보이지 않아도 걱정할 정도로 끔찍하게 아낀다.

홍박사는 기업컨설팅연구소 소장으로 아주 유명한 사람이다. 나는 얼마 전에 학교숙제 때문에 홍박사를 인터뷰한 적이 있었다. 홍박사는 나한테 너무 공부에 매달리지 말고 '지금 이 순간을 즐기라'고 힘을 주었다. 〈죽은 시인의 사회〉에 나오는 선생님이 강조한 그 말을 몇 번이나 되풀이하면서. 홍박사가 아파트를 버리고 이곳으로 온 이유는 비우기 위해서라고, 더 많은 욕망을 버리기 위해서라고, 불편하게 살기 위해서라고 했다. 홍박사는 우리 동물들이 노는 걸 보면 기분이 좋아진다고 웃으면서 힘들 때마다 자연을 가까이하라고 했다. 그러다보면 자연이 머리를 맑게 해준다면서.

나는 그런 기억을 떠올리면서 자꾸만 몸을 떨었다.

아버지는 잠시 생각에 잠겼다가 박회장의 목소리가 가늘어지는 틈을 타서 재빠르게 물었다.

"진짜 홍박사님이 그랬어요?"

"그래요!"

박회장은 그 한마디에다 더욱 힘을 실어서 날카롭게 내뱉었다. 아버지는 힘없이 하늘을 올려다보았다.

"허튼소리로 듣지 말아요. 당장 동물들 치우세요! 안 그러면 법대로 할 겁니다. 여긴 공동주택이에요. 개인 단독주택이 아니라고요!”

박회장은 더 이상 그 어떤 변명도 허용하지 않겠다는 눈빛으로 아버지를 노려보다가 고개를 돌렸다. 나하고 눈이 마주쳤다. 박회장은 얼굴에 흘러내리는 빗물을 손으로 훑어내면서 온화하게 미소를 지었다.

“학교 갔다 오는구나. 어이구, 감기 걸릴라. 어서 들어가라.”

나는 고개를 숙이고 얼른 박회장 옆을 지나쳤다.

나는 옷을 갈아입고 침대에 누웠다. 잠 한숨 푹 자고 싶었다. 막상 졸음이 밀려오자 수지의 문자 메시지가 날아왔다.

— 예분아, 잘 들어갔니? 걱정됐어. 오늘 미안했어. 하지만 하지만 하지만 나도 힘들어. 이대로는 너무 힘들어. 예전처럼 지낼 수는 없을 것 같아. 미안해……

— 수지야, 내가 오히려 미안해. 다 알아. 나 땜에 네가 다른 친구들한테……. 미안해. 나도 이러고 싶지 않아. 다른 친구들이랑 사귀고 싶어. 하지만 하지만 나한테 호의적인 친구하고 눈빛만 마주쳐도 가슴이 뛰고……

나는 수지한테 쓰던 답장을 지우고 그대로 엎어졌다. 한동안 잘 지냈는데 이제 더 이상 버틸 자신이 없다. 솔직히 다른 친구들하고 사귀고 싶지 않다. 수지하고만 붙어다니고 싶다. 그런 생각이 강해질수록 수지한테 배신을 당할까봐 불안했고, 그럴수록 더욱더 수지한테 집착할 수밖에 없었다. 내 모든 걸 다 주어서라도 수지를 붙잡고 싶었다. 제발 중학교 졸업할 때까지만 친구가 되어달라고. 머릿속이 까매졌다. 이제 앞으로 어떻게 해야 할지 모르겠다. 게다가 오리마저 키우지 못한다면, 아 끔찍하다. 나는 다시 거칠게 몸을 떨면서 침대 이불을 발길질해댔다. 한차례 경련이 온몸을 휩쓸고 지나갔다. 그제야 조용히 눈을 감을 수 있었다.

나는 어머니 목소리를 들으면서 눈을 떴다. 어머니는 보험회사에 다니기 때문에 토요일에도 늦을 때가 많은데 일찍 들어온 셈이다. 고작 20분 잤다. 어머니는 내 방 앞에서 박회장하고 통화하고 있었다. 어머니는 당신의 자존심을 옥죄이면서 정중하게 말했다. 어머니는 무척 경우에 바른 사람인지라 누군가에게 흉이 될 행동을 절대 하지도 않았고, 역으로 그런 경우를 당하게 되면 당당하게 옳고 그름을 가리는 성격이다. 나는 어머니가 이 문제만큼은 확실하게 해결해주리라고 확신했다. 아무리 생각해봐도 집에서 동물 몇 마리를 키운다는 게 큰 잘못이라는 생각이 들지 않았다.

"예에, 다 들었습니다. 예에, 충분히 이해할 수 있고요. 예에, 박회장님 제 말 좀 들어주십시오. 동물들이 마당 밖으로 일체 나가지 못하게 하겠습니다. 그러니까 양해 좀 해주십시오."

나는 박회장이 무슨 이야기를 하는지 알 수는 없었으나, 어머니의 목소리가 매끄럽게 흐르지 않는 걸로 보아 이야기가 잘 풀리지 않고 있음을 감지할 수 있었다. 나는 천천히 일어나서 거실로 나갔다.

"우리 마당에다 키워도 안 된다고요? 참 이해할 수 없네요. 동물들이 다른 집에 해를 끼치는 것도 아니잖아요? 그리고 처음에 동물을 키울 때도 마을 어른들한테 상의를 했습니다. 따지는 게 아니고요, 그렇다 이거지요. 지금 둥지에서 암탉이 알을 품고 있습니다. 그 닭이 병아리를 깔 때까지만 넉넉잡고 두어 달만 양해해주셨으면 합니다. 예에, 알겠습니다만 그것들도 생물이잖아요? 알을 품고 있습니다. 그것을 치울 수는 없잖아요? 아니, 흥정하는 게 아니고요. 아니, 그게 아니고요…… 차암…… 알겠습니다! 끊습니다!"

어머니는 부글부글 끓어오르는 분을 삭이려고 한동안 눈을 감았고 오른손으로 가슴을 꾹 눌렀다. 아버지가 부엌에서 나오자 그제야 어머니가 눈을 떴다. 어머니는 손으로 마른세수를 한 다음 신경질적으로 내뱉었다.

"도무지 말이 안 통해! 꽉 막혔어. 환갑이 넘은 사람이, 어린 손자들을 둔 사람이, 세상에 닭이 알 품고 있다고 해도. 나한테 뭐라고 하는지 알아요? '지금 나하고 흥정하는 겁니까? 나도 생물인지 알아요! 당장 처분하세요! 안 그러면 법대로 할 겁니다!' 미친놈!"

아버지도 도무지 말이 통하지 않는 사람이라고 고개를 흔들어댔다.

어머니 아버지는 나하고 눈이 마주치자 슬그머니 눈을 돌려버렸다. 나한테 오리가 얼마나 소중한 친구인지 잘 알고 있지만 지금은 그들을 지켜낼 수 있는 방법이 없었다. 그저 한숨 타령만 할 뿐이다. 답답했다. 나는 급하게 밖으로 나갔다.

어느새 진눈깨비가 눈으로 변해 있었다. 나는 입을 크게 벌려 눈

송이를 받아들였다. 눈을 보니까 가슴이 조금 풀렸다. 겨울방학 때 수지하고 뒷산에서 비료부대를 타던 기억이 아련하게 떠올랐다. 눈사람도 만들었다. 수지는 영원히 좋은 친구로 남자고 하였다. 아, 수지를 잃고 싶지 않다. 나는 입술을 만지면서 눈을 감았다가 꽉꽉 꽉 하는 소리에 놀라면서 눈을 떴다.

넉살이다. 넉살이가 마당에서 날개를 파닥거리면서 놀다가 고개를 갸웃하고 나를 올려다보았다. 신에게 한 점 고해성사할 게 없을 정도로 순결하게 살아온 저 눈빛. 나는 어떤 일이 있어도 오리들을 지켜주겠다고 입술을 깨물었다. 오리를 보자 조금 마음이 풀어졌다.

나는 암탉들이 알을 품고 있는 둥지 쪽으로 걸어갔다.

몇 달 전부터 암탉들은 마른 억새풀 속에다 둥지를 틀고 알을 낳았다. 오리는 알을 품지 못한다. 나는 그런 현실이 안타까웠다. 우리 집에는 수탉이 없다. 당연히 암탉은 무정란을 품었다. 그것도 두 마리가 하나의 둥지에 눌러앉았다. 아버지는 보기 드문 광경이라고 하면서, 생협에서 사온 유정란 6개, 우리 오리가 낳은 알 4개를 덤으로 넣어주었다. 나는 모든 게 신기했다. 유정란을 시험할 수 있어서 은근히 기대가 되었고, 암탉이 오리 새끼를 깔 수 있다는 말에 환호성까지 질렀다. 생각만 해도 멋진 일이다. 암탉 두 마리가 병아리랑 오리 새끼를 데리고 다니는 풍경이란.

둥지에는 구름이랑 노랑목도리가 나란히 앉아서 알을 품고 있었다. 그걸 보자 마음은 더욱 심란해졌다. 아, 말도 안 된다. 나는 다시 집에 들어가서 왜 동물을 키우는 게 법에 걸리냐고 어머니한테 물었다. 어머니의 목소리는 낮게 깔렸다.

"박회장이 서울대 법대 출신이란다. 그래서 법대로라는 말을 입에 달고 다니는 모양이다. 어쨌든 여기는 산속이지만 단지라서 공동주택 즉 아파트나 다름없단다. 그러니까 누구 하나라도 반대를 하면 동물을 키울 수 없는 모양이다. 박회장이 그걸 아는 거지."

"그럼 어쩔 수 없는 거야?"

어머니 아버지는 계속 내 눈빛을 피했다.

내 가슴속에서는 반항심이 마그마가 되어 부글부글 끓고 있었다. 아직은 세상에 대해서 어른에 대해서 모르지만 이건 말도 안 된다. 도심에 있는 아파트도 아니고 산속에 있는 전원주택이다. 이런 곳에서 동물조차 마음대로 키울 수 없다니, 아무리 법이 중요하다고 해도 이건 받아들일 수 없었다. 나는 고개를 마구 흔들어댔다. 지금 당장 저 오리들을 타고 어디론가 동물들이랑 편안하게 살 수 있는 곳으로, 왕따 없는 곳으로 날아가고 싶다. 나는 끝내 터져버린 눈물을 손으로 닦아내렸다.

"이사 가자."

아버지 입에서 무겁게 흘러나온 말이었다.

"그래, 이사 갑시다. 이렇게 되면 돈 문제가 아니네요."

어머니도 비장하게 목소리를 흘렸다.

"이사 가면 동물들 다 키울 수 있어?"

나는 간신히 말했다.

"그런 곳으로 가야지."

"그래 찾아보면 있을 거야. 이곳 사람들 정말 정이 안 가. 이웃 간에 서로 알은 체를 하고 사나, 다들 집에서 잔디나 깎고 다듬고 걸핏하면 제초제 치고……. 저번에 눈 많이 왔을 때는 하루 종일 정원 나무에 얹힌 눈을 털어내더라고. 그렇게 사는 사람들이야. 그걸 웰빙이니 생태적인 삶이니 하면서 웃기는 짬뽕들. 절이 싫으면 중이 떠난다고 하잖아. 도저히 정나미 떨어져서 못 살겠어. 밥이나 먹자. 배고프다."

어머니는 기분도 꿀꿀하고 눈까지 내리는데 술이나 한잔 하자고 했다. 아버지는 대답을 미루고 창밖으로 눈길을 주었다. 눈발은 다소 주춤거렸다. 집 건너편 숲은 온통 하얗다. 어제까지만 하여도 노골노골 땅이 풀리고, 따스한 햇살의 이바지 받은 곳을 내려다보면 옹알이하면서 움터오르는 잔풀들로 바글바글했다. 지금은 시간이 거꾸로 흐르는 분위기다.

"서울만 떠나서 전원주택만 얻으면 다 되는 줄 알았는데……."

아버지는 뭔가 더 하고픈 말이 있으나 꾹 삼켰다.

정말 이사 가면 모든 문제가 해결될까. 나는 부모님의 말을 확신할 수 없었다.

어머니 목소리가 부엌에서 달그락 소리와 함께 울려퍼졌다.

"진짜 정이 안 가는 동네예요. 뭐하러 이렇게 불편한 산골짜기까지 와서 아파트에 사는 것처럼 사는지 이해가 안 돼요. 근데 앞집 홍박사가 그런 말을 했다니까 진짜 밉네요."

"그러게. 나는 지금도 안 믿어져. 박회장이 구실을 만들기 위해서 한 말 같기도 하고……."

"그건 당신이 순진한 생각을 하는 거고요. 어떻게 하지도 않은 말을, 사람 이름까지 밝히면서 했다고 할 수가 있겠어요? 홍박사가 그런 말을 했으니까 그러겠지요."

"그래도 이해가 되지 않아. 홍박사야 새벽에 나갔다가 밤 12시가 넘어서 들어오는 사람인데, 그런 사람이 우리 동물을 보고 어쩌고 저쩌고 했다니까 이해가 안 되잖아?"

"그냥 우리랑 생각이 다른 거지요. 우리 동물들이 무슨 해를 끼쳐서가 아니라, 그분들은 전원생활이라고 하는 것을 다르게 생각하는 거지요."

"그래, 그런 거지."

두 분의 말소리가 잠잠해졌다. 나는 가만히 앉아 있을 수가 없었다. 수지한테 전화하고 싶었다. 제발, 나를 버리지 말아달라고, 나의 모든 걸 걸고 애걸하고 싶었다. 더 이상 도망칠 곳이 없다는 걸 알면서도 달아나고 싶었다. 두렵다. 학교, 친구들, 무섭다. 헛생각이 움트지 못하도록, 불안이라는 놈이 활개 치지 못하게 누군가 나라는 사람의 뇌를 조종했으면 좋겠다. 나는 산다는 것이 먹고 움직이고 배우는 게 아니라 웅크리고 두려움을 지켜내는 일이라는 것을 벌써 알아버렸다.

어머니 아버지는 부침개를 안주 삼아 술을 주거니 받거니 하였다. 오늘따라 두 사람은 술이 들어갈수록 더 말이 없었다. 그 침묵이 두렵다. 조용한 게 싫다. 부모님이 듣기 싫은 잔소리라도 했으면 좋겠다. 나는 아랫배를 움켜쥐고는 화장실로 달려갔다. 주르륵주르륵 설사를 하고 나오니까 부모님은 침대에 누워 있었다. 아버지는 코를 골았다.

누군가 현관문을 두드렸다. 나는 대뜸 누군지 알 수 있었다. 문을 두드리는 둥 마는 둥 약한 소리. 앞집 할머니였다.

현관문을 열었다. 세상에서 가장 흰 것들이 뿜어내는 빛이 눈을 부시게 하였다. 점점 다정해지는 봄볕을 만끽하면서 가지마다 사춘기 젖가슴처럼 봉긋이 새싹을 부풀리던 나무들이, 그 나긋나긋한 천성을 드러내면서 오늘은 가지마다 하얀 눈꽃을 부풀리고 있었다.

나는 눈을 비비면서 할머니한테 어설프게 인사했다. 할머니는 해읍스름한 얼굴에다 잔잔한 웃음을 끌어내고는 아버지가 있냐고 물었다. 내가 주무신다고 하자 할머니는 난감한 표정을 짓더니, 수돗물이 나오냐고 물었다. 내가 그렇다고 대답했다. 다른 날 같았으면 당장 아빠를 깨웠을지도 모르지만 지금은 그러고 싶지 않았다. 할머니는 잠시 더 미적거리다가 돌아섰다. 그때 우리 집 앞에 외제 승용차가 멈춰서고 홍박사가 나왔다.

"아니, 어머니 왜 거기 계세요?"

아버지보다 여섯 살이나 많은 홍박사는 머리숱이 거의 없는데도 워낙 피부가 탱탱해서, 아버지 또래나 아니면 그 아래로 보였다.

홍박사가 우리 집 마당으로 걸어왔다. 나는 홍박사한테 인사를 하였다. 홍박사가 손을 들어서 많이 컸다고 웃어주었다. 할머니가 수돗물이 나오지 않아서 도움을 청하러 왔다고 하자 홍박사는 아버지가 계시지 않냐고 물었다. 나는 부모님이 속상해서 술 마시고 주무신다고, 조금 전에 있었던 일들을 대충 얼버무렸다. 그러면서 홍박사의 눈을 당돌할 정도로 노려보았다. 할머니는 이까짓 동물들이 무슨 오염을 시키냐고 말했으나 목소리에는 힘이 없었다. 홍박사는 할머니의 눈빛을 피했다.

"박회장이 그럴 분이 아닌데 뭔가 오해가 있는 모양이네요."

홍박사는 당신이 알아서 할 테니까 너무 걱정하지 말라고 나를 처다본 다음 할머니 손을 잡았다. 나는 환호성이라도 지르고 싶었다. 이제 틀림없이 홍박사가 이 문제를 해결해줄 거라고 확신했다.

나는 부모님이 일어나기를 얼마나 기다렸는지 모른다. 이사 가지 않아도 동물들을 마음 놓고 키울 수 있다는 설레임이 다시 꿈틀거렸고, 수지하고도 잘 될 거라고 얼마나 속으로 떠벌렸는지 모른다. 왠지 그럴 것 같았다. 아니 꼭 그렇게 되어야 한다. 다음 주 월요일 학교에 가면 수지가 예전 그대로의 눈빛으로 다정하게 웃어주겠지. 나는 부정적인 생각이 움틀 때마다 눈을 크게 뜨고 부라리면서 아니라고 고개를 흔들었다.

한참 뒤에 부모님이 일어났다. 나는 홍박사의 말을 수다스럽게 전했다. 아버지는 신중한 표정으로 별말이 없었지만 어머니는 마을 일을 좌지우지하는 게 박회장하고 홍박사라고 하면서 괜한 기대를 걸지 말자고 하였다. 나는 다시 할 말이 없어졌다. 맥이 빠졌다.

어머니가 산책이나 하고 오자고 하였다. 나는 내키지 않았으나 혼자 있을 자신이 없었다. 자꾸만 수지의 눈빛이 아른거리고, 자꾸만 최악의 상황으로 생각이 치닫으려고 하였다. 아무리 잊으려고 해도 아픈 기억들이 자꾸만 덧났다. 아무것도 기억하지 못했으면 좋겠다. 머릿속에 봄풀 같은 생각들로 가득 찼으면 좋겠다. 이곳으로 이사 온 뒤로도 마음이 편할 때가 없었다. 늘 어두운 기억, 부정적인 생각, 감당하기 버거운 걱정이 따라다녔다. 내 미래가 불안했다. 자신 없다. 나는 얼른 옷을 입고 부모님을 따라나섰다. 눈이 날리고 있었다. 하늘에서는 사람들이 봄맞이할 준비가 다 되었는지 그것을 알아보기 위해서 일부러 나비 닮은 눈을 파견했는지도 모른다. 홍박사네 집 앞에서 귀한 대접 받으면서 살고 있는 앉은뱅이 소나무가 눈을 담뿍 뒤집어쓰고 있었고, 그 풍성한 품에서 박새들이 재잘거렸다. 계곡에는 벌써 볼살이 토실토실한 버들개지들이 오히려 하얀 눈을 반기면서 한타령으로 몸을 흔들어댔다.

박회장네 집 앞에서 사자를 닮은 개가 맹렬하게 짖어댔다. 에어데일테리어라는 영국산 사냥개였다. 이제까지 내가 보아온 개 중에서 가장 덩치가 컸다. 눈알맹이조차 보이지 않을 정도로 부승부승

한 털 사이로 까만 아가리를 벌리고 으르렁거릴 때는 소름이 끼쳤다. 박회장이 한참 직립보행의 맛을 알아가는 어린 손녀의 손을 잡고 나오자, 사냥개는 더욱 기세등등하게 짖어댔다.

우리 식구는 사냥개의 사정거리에서 빠르게 벗어났다. 숲에서는 봄을 향해 잰걸음을 놀리던 모든 것들이 걸음을 멈추고 하얀 분장을 한 채 축제를 벌이고 있었다. 우리는 낄낄대고, 넘어지고, 뒹굴었다. 잘생긴 눈사람도 탄생시켰다. 내가 눈사람이랑 같이 사진을 찍자마자 사냥개 소리가 골짜기를 흔들었다. 뒤이어 오리들의 비명이 울려퍼졌다.

"오리들한테 무슨 일 있나봐."

내 말이 끝나기도 전에 아버지가 달리기 시작했다. 어머니도 달렸다. 나도 뒤따랐다. 반은 녹고 반은 쌓인 눈 때문에 제대로 달릴 수가 없었다.

닭들도 비명을 질렀다. 뭔가 엄청난 일이 일어나고 있었다.

"깍깍까까악, 캬, 캬!"

"꼬꼬댁, 꼭, 꼭꼬대대댁!"

"꽈악, 꽈악!"

헤아릴 수 없을 정도로 먼먼 옛날부터 인간들에게 잡혀서, 인간들에게 길들여지는 슬픈 운명을 받아들인 오리와 닭들이 공포와 절망에 찬 목소리를 허공으로 날리고 있었다.

"꽈아악, 꽈악, 꽈아악!"

"꼬꼬대액, 꼭꼭꼭!"

다리 앞으로 달려가던 나는, 나를 이 세상으로 내보낸 엄마를 부르면서 주저앉았다. 내 눈으로는 더 이상 쳐다볼 수가 없었고, 내 다리는 더 이상 달려갈 수가 없었다. 사냥개가 오리의 목을 물고 사정없이 흔들어대는 그 참혹한 광경을, 내 몸 밖으로 떨쳐내려고 기를 썼다. 아버지는 몽둥이를 들고 사냥개를 쫓았다. 어머니는 두 발을 동동 구르면서 어찌할 바를 몰랐다. 나는 울음을 터뜨렸다. 그래야 버틸 수 있었다.

"어떡해! 어떡해! 오리, 오리, 오리……."

사냥개가 내 앞으로 달려왔다. 어머니가 나를 끌어안고 비명을 질렀다. 사냥개는 우리를 지나쳤다. 박회장이 집 앞에서 사냥개를 부르고 있었다. 사냥개는 주인에게 달려가서야 입에 물고 있는 죽은 오리를 자랑스럽게 내려놓았다.

아버지는 계속 소리 지르면서 사냥개를 쫓아갔다. 언제 나왔는지 몰라도 홍박사가 아버지를 부르면서 달려갔다. 양복차림에다 구두까지 신은 걸 보니 외출하려고 나섰다가 이 광경을 목격한 모양이었다. 박회장이 꼬리 치는 사냥개를 달래면서 줄을 잡았다. 혀를 늘어뜨리고 침을 흘릴 때마다 핏물이 뚝뚝 떨어졌다.

"이형, 진정, 진정하세요. 개 끈이 풀린 것 같은데……."

박회장이 아버지를 막았다. 아버지는 숨을 할딱거리면서 목소리를 높였다.

“비켜요! 당신 개가 우리 동물들을 다 물어 죽였잖아요!”

홍박사가 아버지를 틀어잡았다.

“이선생 진정하십시오!”

아버지는 홍박사를 뿌리치면서 사냥개를 조준하고 몽둥이로 내리쳤다. 사냥개는 “까앙!” 하고 비명을 질렀으나 몽둥이는 빗나가서 모난 돌만 내리치고 두 동강이가 나고야 말았다. 재빠르게 홍박사가 다시 아버지 어깨를 잡았다. 어느새 달려온 아랫집 박사장도 가세했다. 마을 사람들이 든든한 우군이라는 걸 알고 있는 박회장은 왼쪽 볼을 일그러뜨리며 여유를 부렸다.

“그까짓 가축들 몇 마리 죽였다고……..”

박회장은 돈으로 물어주겠다고, 그러면 되지 않았냐고 아버지를 쏘아보았다.

“뭐요, 그까짓 가축들 몇 마리라고요? 그래서 개를 풀었군요!”

아버지의 입에서 쓴웃음이 흘러나왔다.

“말조심하세요!”

아버지하고 오회장의 눈빛이 충돌했다.

“보상도 필요 없고, 사과도 필요 없소. 나는 우리 동물들을 물어 죽인 저 개새끼한테 책임을 물을 거요.”

“허허 이 참, 개한테 죄라도 묻겠다는 겁니까? 그런 법은 없어요.”

“법, 법! 씨발놈의 법 되게 좋아하시네. 저 개는 우리 동물들을 죽인 살인잡니다. 어서 내놓으세요. 죽이든 살리든 그건 내가 알아서 할 테니까. 어서!"

아버지는 돌멩이를 집어들고 사냥개한테 걸어갔다. 홍박사가 아버지 허리를 끌어안았다. 아버지는 무섭게 홍박사를 뿌리쳤다. 박회장이 급하게 사냥개를 끌고 가려다가 뭔가에 걸려서 넘어졌다. 넘어지면서 개줄을 놓쳐버렸다. 겁먹은 사냥개가 달아났다. 박회장은 사냥개를 부르면서 달려갔고, 아버지는 새로운 몽둥이를 들고 쫓아갔다. 어머니도 그들을 따라가고 있었다.

"콩고오! 콩고오!"

"가만 안 둘 거야!"

"이선생님! 이선생님!"

"이건 난리구먼, 난리여!"

그때까지 나는 멍하니 박회장네 집을 보고 있다가 누군가의 손길을 느끼며 뒤돌아보았다. 앞집 할머니였다.

"끙, 이런 놈의 세상 처음 보네. 이런 산골짜기에서…… 다들 미친 건지 원. 옷이 다 젖었구나. 어서 들어가라. 한창 클 나이에 몸 상하면 안 된다."

나는 비척비척 걸음을 옮겼다. 하얀 눈 위에 사냥개 발자국이 어지럽게 찍혀 있고, 오리와 닭털들이 뭉텅뭉텅 뽑혀서 날아다녔다. 나는 한 손으로는 입을 막고, 한 손으로는 가슴을 감싸안은 채 제발 한 마리만이라도 무사하기를 바라는 마음으로 살육의 현장을 두리번거렸다. 오리집 안에는 닭 두 마리가 죽어 있었다. 끔찍해서 얼른 눈길을 돌렸다. 나는 터져나오는 비명을 간신히 참아냈다.

오리는 한 마리도 보이지 않았다. 나는 오리들이 늘 낮잠을 자던 보리수나무 밑으로 걸어갔다. 거기도 없었다. 토끼장 안에 있던 토끼들은 무사했다.

나는 조심조심 계곡 쪽으로 가서 아래를 내려다보다가 "넉살아!" 하면서 뛰어내릴 뻔했다. 마른 갈대들이 눈꽃을 피우고 있는 그 아름다운 곳에 오리 두 마리가 피를 흘리면서 죽어 있었다. 넉살이와 의젓이다. 오리를 보면서 상처 입은 마음을 많이 달랠 수 있었는데, 오리처럼 절대로 누군가를 따돌리지 않고 살겠다고 했는데, 늘 뒤뚱뒤뚱 줄 맞춰서 다니는 오리들만 보면 우울하던 기분도 풀어졌는데.

갑자기 정신이 아득해졌다. 내 몸에서 뭔가 빠져나갔다. 그걸 붙잡을 힘이 없고, 그걸 붙잡고 싶지도 않았다. 쓰러지면 계곡으로 떨어진다는 사실을 알면서도, 바윗돌이 많은 계곡으로 추락하면 죽을 수도 있다는 사실을 알면서도 모든 걸 놓아버리고 싶었다.

그때 내 귓속으로 아주 작은, 간신히 알아들을 수 있을 정도로 힘겨운 소리가 들렸다. 나는 후들거리는 다리를 간신히 버티면서 눈을 돌렸다. 하얀색 암탉, 구름이다. 구름이가 힘겹게 걸어오고 있었다. 움직일 때마다 다리 하나가 없는 것처럼 몸의 균형이 무너졌다. 나도 모르게 구름이를 따라갔다. 날개랑 얼굴이 피투성이였다. 구름이가 찍고 가는 눈에는 붉은 꽃이 피어났다. 쩔뚝쩔뚝, 둥지가 있는 억새숲까지는 다섯 걸음 정도. 그 거리가 너무 멀어 보였다. 나는 구름이를 안으려다가 흠칫 놀랐다.

"꼬오옥, 꼭!"

구름이가 전율을 일으킬 정도로 날카로운 목소리를 토해내며 가까이 오지 말라고 경고했다. 이미 죽음을 넘어선 한 생명체의 결연한 눈빛 앞에서 나는 꼼짝도 할 수 없었다. 둥지가 보였다. 나는 머리를 흔들어댔다. 암탉 두 마리가 온몸으로 데우고 있던 둥지에는 열 개의 알이 꿈꾸고 있었는데, 몇 개는 깨져 있고, 몇 개는 어디론가 사라지고, 성한 것이라고는 딱 두 개뿐이었다. 하나는 하얀 오리 알이고, 하나는 달걀이다. 둥지 아래에 노랑목도리가 쓰러져 있고, 그 옆에 깨진 알 속에서 생기다 만 생명체들이 죽어 있었다.

마침내 구름이는 둥지로 들어가더니 날개를 펴고 온 힘으로 알을 품었다. 나하고 마주치자 이제는 사냥개가 아니라 호랑이가 와도 물러서지 않겠다고 더욱 결연한 눈빛을 쏘아댔다. 순간 나는 닭을 오리하고 비교하면서 폄하했던 나 자신이 얼마나 어리석었는지를, 저 작은 생명체가 얼마나 대단한지를 깨달았다. 자기밖에 모르는 이기적인 것들이라고, 감성도 없고 멍청한, 정말 닭대가리라고 걸핏하면 조롱하고 비웃었다. 내 얼굴이 확 달아올랐다. 구름이는 더욱 부리를 굳게 다물고 나를 쳐다보았다. 나도 구름이처럼 입술을 굳게 다물었다.

# 욕짱 할머니와 얼짱 손녀

찰진 땅맛에 토실토실 살 오르던 꿀밤나무들이 하늘을 가린 학교 진입로를 벗어나자, 땡볕이 필분이 머리통으로 으르렁거리면서 쏟아진다. 필분이는 손바닥으로 햇살을 막아내면서 벚나무 밑으로 종종걸음쳤다. 짧기는 해도 봄날을 눈부시게 꾸미는 재주를 가진 벚나무는 가로수로서 사람들의 사랑을 듬뿍 받았고, 게다가 풀뿌리가 갈 수 없는 머나먼 땅속 나라 수맥까지 숱한 뿌리를 파견해놓고서 자신감이 넘치는 표정으로 반짝반짝 햇살을 받아냈다. 땡볕은 잎새들 목숨을 앗아갈 정도로 사납다. 벚나무는 그 사나움을 잘 달래면서 온몸으로 받아들이고 뿌리가 동냥해온 물을 이파리로 내뱉으면서, 땅에서 하늘로 다시 하늘에서 땅으로 흐르는 그 노래를 만끽했다. 바람은 홀씨들이 몸을 띄우기에 딱 좋은 상태였다. 딱 그 정도

일 뿐, 땡볕의 서슬에 눌린 필분이를 조금도 달래주지는 못했다. 아스팔트는 땡볕을 응축하고 응축하여 이제는 손만 대도 흐물흐물 녹여버릴 만큼 독이 올라 있었다.


하하하하하하 이 밤이 다할 때까지……


가방 속에서 MC몽 노래가 야단이다. 휴대전화 화면에 윤호라는 이름이 떠 있다.

— 벌써 조퇴했어?

— 된장, 급식 먹자마자 담탱이가 불렀어. 교무실에 가니까, 담탱이가 나를 특사로 보내는 거라고 하면서 오늘 중으로 해결하래. 선생이 이런 문제까지 개입해야 하냐면서…….

— 특사는 얼어죽을 놈의……. 하여간 학교까지 와서 지랄이니, 너무한다. 아무리 중요하다고 해도 학교까지 와서 그런다는 것은……. 칵 인터넷에다 풀어버릴까?

— 된장, 그랬다가는 진짜 학교도 그만둬야지. 된장, 나 오늘 죽는 줄 알았어. 아침부터 이상한 곳으로 끌려다녔지, 선생들마다 조류독감조류독감……. 된장, 조류독감이라는 말만 들으면 꼭 내가 바이러스가 된 기분이라니까.

조금도 과장된 엄살이 아니다. 필분이는 조류독감이라는 말만 들어도 힘이 풀리고 온몸이 간질간질해지면서 저도 모르게 두리번두리번 눈치를 보았다.

— 된장, 짜증나 죽겠는데 날씨는 개 덥네!

— 이따 볼래? 기분도 꿀꿀한데, 스쿠터 타고 바닷가나 갔다 오자. 사촌형이 스쿠터 샀거든.

— 사촌형?

필분이는 맛있는 피자를 먹다가 혀라도 깨문 듯한 표정을 지었다. 사촌형이라면 윤호 작은아버지 아들이다. 그는 작년겨울부터 윤호네 집에서 더부살이하고 있었다. 집 사정이 좋지 않다는 구실을 달았지만 친아들이 아닌 윤호의 뿌리가 자꾸만 흔들리는 느낌이었다. 할머니는 그런 윤호의 처지를 빗대면서 틈만 나면 필분이 가슴을 후벼팠다.

"염병할 놈의 가시내가 지그 엄씨를 닮아가지고는 벌써부터 머시매들이나 홀리고 다니고 잘한다 잘해. 기왕 머시매를 물라면 제대로 물지 하필이면 고런 것을 무냐? 그놈은 안 된다. 주워다 기른 놈이여. 부모가 직접 씨 받아서 옥이야 금이야 키워도 지 에미를 죽이고 팽개치는 세상인데, 하물며 주워다 기른 놈이 오죽하겠냐?"

윤호가 서울대를 열 명 이상 보내는 사립고에서 모셔갈 정도로 우등생일 뿐만 아니라 착하고 성실하다고 온갖 단맛을 다 보여주어도, 할머니의 옹이진 얼굴에서는 쓰디쓴 표정이 풀어지지 않았다.

필분이는 고개를 흔들면서 오른쪽 덧니를 드러냈다.

— 좋아, 여섯 시에 파리바게트 앞에서 보자.

버스가 왔다. 필분이는 코를 막으면서 눈살을 찌푸렸다. 그놈 특유의 매스꺼운 경유 냄새보다 소독약 냄새가 더 역했다. 승객이라고는 딱 세 명뿐이다. 다들 입이 굳어 있다. 이러다가는 인간들조차 마음대로 움직이지 못하는 날이 오지 않을까. 어디 갈 일이 생기면 정부당국에 신고하고, 온몸을 소독하여 무균질 상태가 되어야만 이동할 수 있는 표딱지를 주는 날이 오지 않을까. 물오리 편대가 날아가는 게 보였다. 저것들이야말로 조류독감을 옮기는 매개체니까 마음대로 돌아다니지 못하게 해야 하는 거 아닌가. 저것들은 어쩌지 못하고 인간에게 사육되는 죄 없는 것들만 씨를 말린다고 될까. 새들까지 다 잡아 죽이는 날이 오지 않을까. 물오리, 참새, 박새, 까마귀, 꿩. 제비, 굴뚝새, 까치……. 그럼 괜찮을까. 필분이는 그런 생각을 굴리다가 깜짝 놀랐다.

버스가 급정거했다. 필분이는 앞좌석에다 머리를 부딪치면서 작용과 반작용의 법칙을 충실하게 이행했다. "아야!" 비명에 가까운 필분이 목소리가 터져나왔다. 잠깐 필분이한테 눈길이 모아졌다가 이내 흩어졌다. 운전사의 걸걸한 목소리가 필분이 목소리를 밀어냈다. 첫눈에 별명이 두꺼비구나 할 정도로 아랫배가 만삭의 임산부를 방불케 하는 운전사가 상스런 욕설을 몇 두름이나 쏟아냈다. 버스 양쪽에 서 있는 소독대에서 소독약이 뿜어져나왔다. 유리창에 송글송글 방울이 맺혔다. "징글징글하구먼, 징글징글해!" 와이퍼가 움직였다. 그래도 유리창은 깨끗하게 씻어지지 않았다. 운전사는 다시 한 번 "징글징글하구먼!" 하고 헛기침을 해댔다. 누군가 차문을 두드렸다. 차문이 열렸다. 아스팔트를 볶아대던 뜨거운 열기에다, 이 엄청난 쇳덩어리를 끌고 다니는 자동차 엔진의 고달픈 열기에다, 분명히 해롭다는 걸 알면서도 드러내놓고 상을 찡그릴 수 없는 소독약 냄새까지 한꺼번에 들이닥쳤다.

운전사가 일부러 가래침을 뱉으면서 "씨발 돌아버리겠네!" 하고 소리치자 방역복 차림의 땅딸막한 사람이 올라오다가 멈칫거렸다. 운전사는 여차하면 이 차를 갈기갈기 찢어버리고 운전사 노릇을 때려치우겠다는 깡다구로 무장한 눈빛을 휘두르면서 "손님도 별로 없소!" 하고 방역반원을 쏘아봤다. 그러니까 적당히 하고 내려가라는 뜻이다. 방역반원도 지쳐서 짜증이 났던 터라 욱 화가 치밀어올랐으나 저런 무식한 놈하고는 상종하지 않는 게 낫다고 눈빛을 돌렸다.

필분이는 운전사의 깡다구가 마음에 들었고, 그 눈빛이 강해질수록 자신을 대신하여 화풀이를 해주는 것 같아서 괜히 기분이 좋았다. 필분이는 어정어정 걸어가는 방역반원이랑, 유리창을 손바닥으로 툭툭 치면서 "씨발, 씨발!" 해대는 운전사를 번갈아 보면서 속으로 웃음을 짓다가 저도 모르게 할머니를 떠올렸다. 할머니는 아랫배도 나오지 않았다. 한때는 새끼들을 길러내는 성스러운 우물이었지만 이제는 아무짝에도 쓸모없는 고물이 되어버린 젖가슴, 고집스럽게 아래쪽을 말아올려 위쪽을 사려물고 있는 얇은 입술, 가늘게 째진 눈, 물매 싸게 오뚝한 코, 죽은 나무에 달라붙은 이름 모를 버섯 같은 검버섯들, 파마를 했으나 약발이 다해서 빗으로도 가지런하게 다스릴 수 없는 흰머리. 영락없는 마녀였다. 필분이는 할머니하고 저 운전사가 욕씨름을 한다면 누가 이길까 하는 공상을 했다.

땀구멍 하나 없는 방역복으로 중무장한 방역반원이 뒤쪽에 앉아 있는 노인들 쪽으로 다가갔다. 바이러스의 침투를 막기 위해서 숱한 실험 끝에 만들어져서 실전에 배치된 전투복인 만큼 그가 입고 있는 방역복은 핵전쟁에도 끄떡없으리라. 방역반원은 다소 헐렁하게 묶여 있는 쌀자루를 발 앞에다 두고 있는 노인을 겨누면서 짜증이 가득 배인 목소리로 부대를 열어보라고 다그쳤다. 얼굴선이 굵은 노인이 고개를 들었다. 땅을 푸르게 하는 햇살의 힘을 받아먹고, 들바람 산바람 강바람으로 살을 다진 얼굴이 만만치 않게 살아온 인생살이였음을 알 수 있었고, 상대를 일부러 찔러보지 않는 눈빛은 천상 순할 뿐만 아니라 움푹 꺼진 볼에서는 봄볕 닮은 웃음이 흘러내렸다.

"내 말 안 들려요? 부대자루 좀 열어보시라고요!"

방역방원은 자신의 말뜻을 한번에 알아듣지 못하고 실실 웃어대고 있는 노인을 보자, 괜히 짜증이 나면서 버럭 소리를 질렀다. 신경질의 경계를 넘어선 말투다. 노인의 얼굴에서는 급하게 웃음이 걷히고 당황하는 기색이 역력했다.

"요것이요? 요것, 쑥댄데⋯⋯. 인진쑥 조금 얻어오는 것인데……."

"아이 참, 인진쑥인지 뭔지 한번 열어보세요. 누군 이러고 싶어서 이런 줄 아세요. 위에서 철저하게 하라고 하니까 그러지요. 닭이나 오리 한 마리라도 이 지역에서 반출되면 우리 모가지 날아갑니다요. 아시겠어요?"

노인은 감을 잡았다는 표정을 지었고, 늙은 닭의 발부리가 연상되는 손으로 부대자루를 벌렸다. 방역반원은 부대자루 안을 보고도 성이 차지 않는지 발로 톡톡 차댔다.

운전사는 방역방원이 내려가자마자 차를 급하게 몰았다. 버스는 벼들이 푸르게 바람을 썰어대고 있는 들길을 달리다가, 아이들조차 만만하게 얕잡아봄 직하게 둥글둥글한 산허리를 치달리다가, 또 한 차례 방역방원들의 검문을 받았다. 필분이는 손으로 코를 막고 방역반원들하고 눈을 마주치지 않으려고 했다. 운전사는 계속 씨부렁거리면서, 이렇게 욕설이라도 내뱉지 않고서는 도저히 운전할 수 없다는 표정을 지었다. 산과 산들이 나란히 어깨를 겨루며 깊어지고 있었다. 차는 그 골짜기로 씩씩거리면서 달리다가 '군보호수'라는 푯말이 붙은 오백 살 먹은 당산나무 앞에서 숨을 골랐다.

차에서 내린 필분이는 얼른 당산나무 뒤로 몸을 숨겼다. 전봇대 두 개만큼 떨어져 있는 회관 앞에서 방역반원들이랑 마을사람들이 웅성거리고 있었다. 어딜 가나 방역반원들투성이다. 필분이는 뒷걸음질을 치다가 억새풀이 춤추고 있는 도랑 쪽으로 방향을 돌렸다.

그 도랑을 따라가다보면 산자락을 가로지르는 오솔길이 나왔다. 회관 쪽으로 가면 오 분도 안 될 거리를, 필분이는 삼십여 분이나 발품을 팔아야 하는 산길을 택했다. 그늘 한 점 없는 논길이라 어느 때보다도 발걸음을 재게 놀렸다.

필분이는 오늘 학교에서 있었던 일만 떠올리면 "된장!" 하고 짜증이 폭발했다. 담임선생님은 아침조회를 건성으로 땜질하더니만 불쑥 필분이를 불렀고, 가타부타 아무런 설명도 없이 손짓했다. 영문을 모르는 필분이는 눈알이 튕겨져나오도록 긴장하면서 따라갔다. 선생님이 교무실이 아니라 지하매점 쪽으로 내려가자 더욱 긴장이 되면서 하마터면 계단을 헛디딜 뻔했다. 그러다가 자신을 부르는 귀에 익은 목소리를 들었고, 설마 하면서 고개를 들어보니 매점 앞에 이장님이 누런 이를 드러내면서 웃고 있었다. 매점 안에는 보건선생님, 교감선생님 그리고 낯선 사람들이 앉아 있었다. 그중에서 반질반질 윤기가 흐르는 이마가 시원해 보이는 사람이
"필분 양이 요새 말하는 얼짱이구먼."
그렇게 농을 치자
"쟤 언니는 더 예쁩니다요. 지금 임용고시 준비하고 있는데…….
저것 엄마가 무지 예뻤습니다. 진짜 미스코리아 뺨쳤어요."
이장님이 어머니 이야기까지 풀어놓았다. 필분이는 고개를 떨궜다. 마음속에서 간신히 아물어가던 상처가 덧나는 느낌이었다. 더

이상 어머니에 대한 이야기는 듣지 싶고 않았다. 할머니 입에서 나오는 욕설 중에서 절반은 어머니를 정조준하고 있다. 그럴 만도 했다. 어머니는 힘겹게 뽑아낸 세 아이들을 버리고 당신만의 새로운 길을 택했다. 필분이가 이해할 수는 없으나 어머니는 아버지보다 사랑하는 사람이 있었고, 결국은 그 사랑에게 나머지 삶을 걸었다. 아버지는 입에서 젖비린내가 풀풀 나는 어린 새끼들을 할머니의 무르팍에다 떨구면서, 붙잡아도 떠나갈 사람이라서 붙잡지 않고 곱게 보내주었다고 하였다. 아버지도 몇 번 여자를 데리고 왔다. 네 번째 여자는 키가 작은 게 흠이었지만 얼굴빛이 야무졌고, 아버지를 믿고 바글바글한 아이들까지 제 핏덩이로 거두겠다고 덤벼들었다. 그러나 아버지가 갑작스런 사고로 세상을 등지자마자 장례식마저 다 치르기도 전에 사라져버렸다. 필분이가 다섯 살 때였다.

필분이 기억 속에는 어머니에 대한 스케치 하나 없다. 당연히 어머니라는 존재가 새끼들에게 주어야 할 그 어떤 편안함이나 달콤함도 기억하지 못했다. 할머니라는 나무가 너무 커서 그랬는지 몰라도 어머니가 없음으로 인한 불편함도 별로 느끼지 못했다. 이 세상 어딘가에서 살고 있을 어머니라는 인간에 대해서 일기장에다 긁적거릴 만큼 진지하게 고민해본 적도 없었으나, 가끔씩 친구들 어머니가 차려주는 밥 냄새를 맡으면 그 냄새가 흥분제가 되어 마음을 마구 흔들어댔다.

다른 사람들도 그 농담에 끼어들어 얼짱 각도가 어쩌니 하면서 한껏 떠벌렸고, 보건선생님은 맛없는 음식을 억지로 먹다가 돌멩이라도 씹은 표정을 지었다. 아침부터 냄새가 구린 매점으로 불러들였으면 어서 본론을 끄집어낼 것이지, 왜 자꾸만 엉뚱한 짓거리냐는 불만 섞인 눈빛이다.

필분이는 그런 보건선생님의 표정이 싫지 않다. 왜 자신을 이런 곳으로 불러내서 엉뚱한 얼짱타령을 하고 있는 건지, 더구나 교감선생님까지 계시는데 이래도 되는 건지, 이런 게 성희롱이 아닌지, 혼란스럽다. 기분이 꿀꿀했다.

이장님은 자칫 몸의 균형이 뒤로 넘어갈 정도로 몸 뒤쪽에다 힘을 주고 있었다. 한때 모 방송국 개그프로에서 이장님이라는 존재를 어리바리한 인간으로 묘사하여 전 국민의 조롱거리가 되기도 했으나, 지금 앞에 있는 이장님은 이곳에 앉아 있는 사람들 중에서 해마다 때마다 떡값을 가장 많이 챙기는 유지 중에서 노른자라고 할 수 있다. 직접민주주의의 꽃이라고 하는 선거가 많아지면서 농촌의 이장이라는 존재는, 마지못해 완장을 차는 어리바리가 아니라 선거의 당락을 쥐락펴락하는 실세 중의 실세로 변해버렸다. 그래서 어느 지역을 막론하고 이장단 모임은 막강한 영향력을 행사하고 있다. 게다가 농촌에 있는 학교들은 늘 학생 수가 부족하여 폐교 위기에서 간신히 버티고 있는지라 학생 하나라도 더 끌어오기 위해서는 마을의 수장격인 이장의 역할이 절대적이다. 그러다보니 나잇살 먹은 교장 교감도 당신들 자식뻘인 이장들한테까지 굽신굽신 무시로

접대하고 명절마다 선물공세를 했다. 그런 세태를 보여주듯이 이장님은 교감선생님 옆에서도 전혀 주눅들지 않았다.

이장님은 어제도 필분이네 집에 왔고, 그제도 대문을 두드렸다. 조류독감이 들이닥친 뒤로는 하루라도 그 얼굴을 마주치지 않으면 괜히 불안할 정도였다. 어젯밤에도 어린 초승달을 등에 지고 마당에 나타난 이장님은 할머니하고 대판 입씨름을 벌였다. 이장님은 일부러 "아따아—" 하고 목청을 길게 늘어뜨린 다음 온 동네 사람들이 다 들으라는 식으로 한껏 입나발을 불어댔다.

"아따아— 저러니까 나이 들면 거시기해야 한다는 말이 나오지. 할매, 내가 몇 번을 말했지요. 할매네 때까우가 병들어서가 아니라 이 조류독감인가 뭔가를 잡으려면 병 걸린 근처에 있는 모든 가축들을 다 없애야 한다고요. 혹시라도 단 한 마리가 걸렸으면 그것 때문에 다른 가축들이 엄청난 피해를 본다 이 말이요. 그래서 그러는 것이요."

할머니는 마루에 앉아서 조용히 대거리하였다.

"나는 그런 말 모르네. 우리 때까우는 신경 쓰지 말게. 내가 책임질 테니까, 그런 이유라면 우리 때까우는 모른 척하게나."

"아따아— 저렇게 말귀를 못 알아들을까. 할매, 내가 몇 번이나 말했지요. 내가 내 맘대로 어떻게 할 수 있는 것이 아니고요, 국가에서 강제적으로 하는 일입니다. 국가에서 할매네 때까우를 다 알고 있단 말이요. 그러니까 내 말 들으세요. 내가 할매네 때까우 숫자를 한 오륙십 마리로 신고해줄게요. 그러면 보상금도 많이 나올 거요……."

"누가 그까짓 보상금 받아먹으려고 이런지 아는가. 자네는 닭을 열댓 마리 키우니까 몇 백 마리 키운다고 신고해서 양껏 내 몫까지 챙겨먹소. 나는 일없네."

"아따아— 저렇게 콱 막혔으니……. 젊은 사람 말 좀 들으세요!"

이장님은 때마침 울려퍼진 휴대전화를 신경질적으로 받고는 까우까우 소리 지르는 거위를 보면서 벌떡 일어섰다.

"아따아— 저놈의 때까우 새끼들 좀 보게. 하여간 때까우는 사나워서 싫다니까! 한번 물면 놔주지도 않아. 아이 저것들을 왜 키우는지 몰라. 차라리 개를 키우시라니까는……."

할머니는 마당을 벗어나는 이장님이 영 못마땅했는지 "끙!" 하고 가슴 저 깊은 곳에 있던 울림을 헛기침으로 끄집어냈다. 늙었다고 나를 함부로 하지 말라는 경고의 뜻이 함축된 울림이다. 이장님도 지지 않고 "끙!" 하고 맞받아쳤다.

할머니는 이장을 신뢰하지 않았다. 사십여 년 전 당신이 직접 손으로 받아낸 아기가 자라고 자라서 어엿하게 마을 이장이 되었는데도 그놈한테는 정이 가지 않는다고 무시로 씨부렁거렸다. 한마디로 너무 약다는 게 할머니의 평이었다. 아무리 비가 쏟아져도, 아무리 눈이 쏟아져도, 노인 혼자 사는 집 한번 둘러보지 않을 정신머리라면 더 이상 말을 해서 무엇하랴. 놓고 나와서 할 짓이 없으니까 농촌에 눌러앉았고, 그런 인간에게 삶을 걸 여자가 없으니 베트남 여자 하나 돈으로 사다가 앉혀서 아들을 둘이나 뽑아놓더니 이제 살판났다고, 언젠가 할머니는 필분이 앞에서 짜랑짜랑하게 내뱉은 적이 있었다. 이장이라는 감투를 쓰면서부터 제 잇속을 챙기기에 급급하다는 걸 필분이도 잘 알고 있었다. 마을에 할당된 벼 수매량조차 자기 배를 먼저 채운 다음, 나머지를 떨이 차원에서 마을사람들에게 배분한다는 사실까지도.

보건선생님이 벽에 걸린 시계를 몇 번 올려다보다가 필분이를 보고는 약간 어색하게 낯선 사람들을 소개하였다. 이마에서 광택이 흐르는 사람은 부면장이라고 하였고, 키만 호리호리할 뿐 눈 코 입 그 무엇 하나 실해 보이지 않는 사람은 군청에서 나온 무슨 계장님이라고 하였다. 그때까지도 필분이는 자신이 왜 이 자리에 왔는지 전혀 가늠하지 못했다. 교감선생님이 보건선생님의 말을 이어받았다.

"필분아, 이제 알겠니? 너를 이렇게 부른 것은…… 네 할머니 때문이다."

필분이는 할머니라는 말을 듣는 순간 교감선생님의 눈을 피하면서 다시 고개를 푹 떨궜다. 태어나서 처음으로 할머니의 손녀라는 존재가 부끄러웠다. 할머니는 왜 다른 사람들 말을 듣지 않고 이렇게 자신에게 창피를 주고, 모욕감을 주는지.

계장님이 살짝 너털웃음을 짓더니, 나이가 드신 분이니까 우리가 이해를 해야 한다고 분위기를 추스른 다음 필분이한테, 오늘까지는 거위랑 오리를 살처분해야 하니까 집에 가서 할머니를 잘 설득시키라고 하였다. 부면장도 잠깐 끼어들었다. 만약 오늘까지 살처분하지 못하면 강제로 할 수밖에 없다고 엄포를 놓았다. 필분이는 오싹한기를 느끼면서 가슴을 움츠렸다. 교감선생님이 오전수업만 받고 집에 가라고 하였고, 계장님은 오후에 공무원들이 갈 테니까 할머니를 잘 달래서 오늘 중으로 일을 마무리하자고 하였다.

필분이는 사람들의 눈길이 쫓아오지 못하는 산자락으로, 벌써 둥지를 틀었는지 어쨌는지 꾀꼬리가 그악스러운 악다구니를 퍼부으며 으르렁거리는 상수리나무숲으로 오종종종 걸어오면서도, 이게 무슨 짓인가 하고 자꾸만 짜증을 냈다. 다 그놈의 거위 때문이다.


재작년까지만 하여도 녹색 때깔에 윤기가 자르르 흐르던 대문은 햇살과 비에 시달려서 군데군데 살점이 떨어져나가고, 그 흉터에서 흘러나온 녹물이 어지럽다. 그나마 며느리밑씻개덩굴이 노련한 암벽 등반가가 되어 대문을 타고 올라 아픈 상처를 달래주어서 늙어가는 대문의 쓸쓸함을 덜어주고 있었다. 필분이는 며느리밑씻개 이파리 사이로 마당 안을 훔쳐본다. 거위들은 어느새 인기척을 감지하고 까우까우 야단이다.

"된장, 재수 없어."

필분이는 아랫입술로 윗입술을 포개면서 눈에다 힘을 주었다. 오늘은 무슨 일이 있어도 결판을 내야 한다. 필분이가 대문을 열었다. 거위들이 거대한 목을 흔들면서 다가왔다.

"된장, 짜증나! 꺼져! 내가 너희들 때문에 죄인처럼 지낸다, 죄인처럼! 저리 꺼져!"

필분이가 가방을 휘두르자 거위들은 더욱 목소리를 높였다. 그 울림이 어찌나 큰지 집이 흔들리고 주위에 선 나무들이 얼굴을 찌푸렸다. 필분이는 발길질까지 해댔다. 안방인지 부엌인지 정확하게 알 수는 없지만 "끙!" 하고, 더 이상 거위들을 해코지하지 말라는 할머니의 경고음이 울려퍼졌다.

확실한 우군이 있음을 확인한 거위들의 목소리는 더욱 짜랑짜랑해졌다. 할머니는 거위들을 '까심이' '까돌이'라고 불렀다. 녀석들은 할머니가 자기들 이름을 불러줄 때가 가장 기쁘다는 표정으로 긴 목을 흔들면서 한껏 아양을 떨어댔다. 할머니 볼이나 무릎에다 부벼대면서 온갖 아양을 떨어댈 때는, 저것들이 개나 고양이가 변장한 게 아닐까 하는 생각도 들었다. 필분이 뇌리 속에는 인간에게 아양 떠는 동물이란 개나 고양이밖에 없다. 아무리 좋게 봐주려고 해도 귀여운 구석이라고는 찾아볼 수 없는 저 동물. 단춧구멍만 한 눈으로 늘 인간의 눈치를 살피고, 혹부리영감처럼 부리 위에 솟아오른 돌기는 징그럽고, 느릿느릿 걸어가다가도 낯선 사람을 보면 부리를 땅에 닿도록 내리깔고는 무섭게 돌진했다. 그때는 할머니조차도 어찌할 수 없을 정도로 꼴통이다. 왕꼴통이다.

필분이는 저 동물하고 조금도 친해지고 싶지 않다.

"된장, 짜증나게……. 저리 꺼져!"

필분이는 발로 돌멩이를 걷어찼다. 놀란 거위가 날개를 파닥거리면서 뒷걸음질쳤다.

"저, 저, 저년이……."

거위들의 소리만 듣고도 사태를 파악한 할머니의 욕설이 육중하게 날아왔다. 할머니가 마루 위에서 출발대에 선 수영선수처럼 노려보고 있었다. 필분이도 할머니를 쏘아본다. 오늘은 절대 물러나지 않겠다고 입술을 사려물었으나 막상 할머니하고 마주치자 자신의 눈빛이 자꾸만 안으로 감겨드는 느낌이다. 필분이는 "된장!" 하고 짜증을 낸 다음 저도 모르게 고개를 돌리면서 자기 방으로 달아났다. 뭐라고 악장치는 할머니 소리에 귀는 이미 주눅들어버렸다. 필분이가 컴퓨터를 켜자마자 할머니가 문을 홱 열었다.

"요 염병할 년이 괜히 때까우한테 지랄하고 자빠졌네. 아이 반공일도 아닌데 해가 낭창낭창할 적에 집구석에 와서 때까우한테 지랄을 하다니, 때까우가 너한테 떡을 달라고 하디야, 돈을 달라고 하디야?"

"할머니, 알았으니까 욕 좀 하지 마. 지긋지긋해! 귓속에 할머니 욕이 가득 차 있어서 선생님 목소리도 안 들어와. 에이, 짜증나! 저놈의 거위 좀 치워. 할머니는 거위가 손녀딸보다 중요해? 씨이, 정말 미치겠어! 미치기 일보직전이라고……."

필분이는 일부러 '때까우'가 아니라 '거위'라고 또박또박 뱉어냈다. 이곳 사람들은 '거위'라는 말을 안 쓴다. 그건 배운 사람들이나 도회지 사람들이나 쓰는 말이다.

필분이는 한참 씩씩대다가 슬쩍 뒤돌아보았다. 할머니의 눈빛이 예상보다 무디어지자 저도 모르게 목소리가 더 커졌다.

"정말 돌아버리겠다고! 나도 할머니가 얼마나 거위를……."

오늘따라 할머니의 눈빛은 오래된 우물마냥 깊어 보였다. 필분이는 이런 할머니가 낯설어지면서 자꾸만 더듬거렸다. 할머니의 강력한 욕설에 맞서려고 나름대로 준비하였으나 너무도 조용한 할머니 앞에서 필분이는 당황하였다. 필분이는 예상하지 못한 쪽으로 감정이 흐르고 있음을 느꼈다. 모처럼 진지하게 자신의 말을 들어주는 할머니의 눈빛을 보자 혹시나 하는 생각이 들면서 그만 눈시울을 글썽거리고야 말았다. 필분이는 할머니 손까지 다정하게 잡았다. 이런 일은 처음이다.

"할머니가 얼마나 거위를 아끼는지도 알아. 그래도 지금은 아니야. 다들 손가락질하고, 비웃고, 놀리고, 미치겠어. 학교 가자마자 선생님이 불러댔어. 이장님도 오시고, 면에서도 나오고, 군에서도 나오고……."

필분이는 일부러 과장되게 몸을 흔들어대면서 눈물을 글썽거렸다. 할머니의 눈빛도 흐물거렸다. 할머니가 손녀 얼굴 가득 흐르는 눈물을 닦아주었다.

"울지 말어 이년아. 눈물은 아꼈다가 네 할매 죽으면 그때나 써

먹어 이년아. 다 이 할매 탓이다. 안다, 알어……."

"할머니이!"

필분이는 격해진 감정을 달래지 못하고 할머니의 품에다 얼굴을 묻었다. 할머니는 호미가 쥐어지지 않을 정도로 곱아버린 손으로 필분이 등을 토닥거렸다.

"이년아, 그만 울어. 누가 들으면 할매 죽어 초상난 줄 알겠다. 할매가 다 알아서 할 테니까."

"할머니가 어떻게 해? 이따가 그 사람들이 온대. 강제로 거위 잡아간대!"

할머니는 흔들리는 눈빛을 겨우겨우 다독거렸다.

"이년아, 할매가 다 알아서 할 테니까 걱정 마."

"할머니, 진짜 왜 그래?"

할머니 품에서 얼굴을 뺀 필분이는 마치 싸울 기세로 노려보았다. 할머니가 손을 뻗어 필분이 손을 잡았다. 필분이는 그걸 뿌리쳤다.

"골 아퍼. 보는 사람들마다 이상하게 생각하고……. 나 싫어. 할머니이, 제발 제발……."

"이년아, 차라리 할매한테 죽으라고 해라. 세상이 아무리 지랄해도 아닌 것은 아닌 것여. 할매는 그런 줏대 하나로 살아왔고, 고런 줏대 하나로 너희들 키우고 그랬어 이년아."

"된장, 짜증나! 할머니이…… 진짜! 진짜!"

"이년아, 악쓰지 마. 할매 귓구녕 안 막혔어."

"난 몰라 씨잉. 할머니 맘대로 해, 맘대로!"

필분이는 죄 없는 의자를 발로 걷어차면서 밖으로 나갔다.

"저, 저, 저년이…… 이년아, 느이 엄씨 닮은 그놈의 성질머리 꺾어야 탈 없이 살아."

"된장, 엄마 이야기 좀 그만해! 어휴 짜증나! 미쳐버리겠어. 아아아악!"

꼭 저렇게 살 냄새도 기억나지 않는 어머니를 들먹이면서 무른 가슴을 지져대야만 속이 후련할까. 차라리 어머니가 이 세상에 존재하지 않았으면 좋겠다. 당신의 젖비린내를 물려준 새끼들을 버리고도 이 땅 어딘가에서 달게 살 수가 있는지, 그렇지 않아도 어머니의 그늘이 느껴질 때마다 서글픔으로 가슴이 아려오는데 이런 고통까지 품어야 하는지, 필분이는 나중에 결혼하면 아기를 낳지 않을 거라고 다시금 바락바락 소리를 질렀다.


필분이는 마을이 한 폭으로 눈에 들어오는 뒷산 언덕배기 상수리나무 밑에서 한동안 허탈하게 웃다가 휴대전화를 끄집어냈다. 전화를 받은 언니 예분이는 할머니의 건강부터 물었다. 그다음에는 두 달 전에 군대 간 오빠한테 편지 왔냐고 묻고, 거위에 대해서 묻고 나서야 떨이로 윤호랑 잘 지내냐고 하였다. 기가 막힌 서열이다. 오빠도 편지에다 늘 할머니, 언니, 거위, 필분이 순으로 소식을 늘어놓았다. 필분이는 자신이 거위보다 못한 존재라고 생각했다. 눈물이 솟구치려고 하는 걸 가까스로 막아냈다.

"그냥 언니 목소리가 듣고 싶어서 했어. 어제 인터넷 보니까 교사들이 엄청 명예퇴직을 많이 한다던데, 공무원연금법인가 뭔가 때문에 그런다는데, 잘은 모르겠지만 언니한테는 잘된 거 아냐? 교사들이 부족하면 그만큼 임용고시에서 교사들을 많이 뽑을 거 아냐?"

언니는 그 말에 대해서는 대꾸하지 않았고

"참, 거기도 조류독감이 퍼졌다고 하더라. 우리 때까우는 괜찮니?"

'거위'가 아니라 '때까우'라고 예우까지 하면서 물었다. 필분이 눈꺼풀이 파르르 떨렸다. 그동안 하소연할 대상을 찾지 못해 웅크리고 있던 감정들이 우르르 쏟아져나왔다.

"언니, 그것 때문에 짜증나 죽겠어. 미치겠어. 나 돌아버리기 일보직전이야. 학교선생님들, 이장님, 면사무소 직원들, 군청 직원들, 동네사람들…… . 나 오늘 강제로 조퇴 당했어."

필분이는 언니야말로 이번 일을 해결할 수 있는 적임자라고 생각하면서, 이제야 언니한테 도움을 청하는 자신의 주변머리 없음을 타박하면서 곧장 할머니를 겨냥하였다.

"이게 다 할머니 때문이야. 할머니만 마음을 바꾸면 될 텐데…… . 할머니 때문에 공부도 못 하고 미치겠어. 돌아버리겠어. 언니가 잘 좀 말해봐. 오늘 오후까지 거위를 치우지 않으면 강제로 치운대. 내 말은 할머니가 들은 척도 하지 않으니까⋯⋯."

언니는 그 대목에서 필분이의 말꼬리를 자르더니 "큰일이구나!"
하고 내뱉었다.

"네가 힘들겠다. 하지만 할머니가 오죽하면 그러겠냐? 할머니한
테는 때까우들이⋯⋯."

언니가 자꾸만 할머니 입장을 두둔하려고 하자 필분이는 은근히
화가 났다. 이럴 때 한번쯤 자기 말에 맞장구쳐주면 이렇게 서운하
지는 않을 텐데.

"언니, 누가 그걸 몰라! 오늘 선생님이 무슨 숙제까지 내주는 줄
알아. 동네 다른 집에서 키우는 닭이나 오리 새끼 숫자까지 알아오
래. 그러는 판이야."

필분이는 언니가 끼어들 틈을 주지 않으려고 빠르게 주절거렸다.
생각할수록 어처구니없는 일이다. 1교시가 끝나고 나서야 지하매
점에서 풀려나온 필분이는 이 세상에서 증발해버리고 싶었다. 이런
기분은 처음이다. 십오 년 동안 살아오면서 오늘만큼 기분이 꿀꿀
하고, 누군가에게 미치도록 하소연하고 싶은 적이 없었다. 왜 아침
부터 이러저러한 사람들 앞에 끌려가서 죄인 취급을 당해야 하는
지, 너무나도 어처구니가 없었다. 아이들이 무슨 일이냐고 캐묻기
시작하자, 필분이는 저도 모르게 책상을 내리쳤다.

"된장, 짜증나. 정 궁금하거든 담탱이한테 물어봐!"

갑자기 동물원의 원숭이가 된 기분이었다. 이런 식으로 관심을

받는 건 그 누구보다도 자존심이 강한 필분이로서는 감당할 수 없었다. 옆 교실에서 나온 윤호가 다가왔다. 둘은 타박타박 말없이 운동장으로 나갔다. 유월의 첫머리라지만 하늘에서 다발로 쏟아지는 햇살은 한여름이다. 필분이는 서쪽 운동장 가에 우뚝 솟은 꿀밤나무 밑으로 갔다. 나무의자에는 간밤에 스러진 이슬방울이 성글성글 놓고 있었다. 윤호가 손으로 쓸어내자 필분이가 앉았다. 윤호도 그 옆에 엉덩이를 내려놓았다.

"무슨 일이야? 나한테 말하기 힘든 거야?"

약간 말라서 더욱 키가 호리호리해 보이는 윤호는 숱 짙은 눈썹을 문지르면서 필분이의 표정을 훑었다. 필분이는 더 좋은 집으로 이사 가는 개미들의 부지런한 행렬을 보다가 불쑥 고개를 들었다.

"된장, 쪽팔려 죽겠어!"

윤호는 움칠 놀랐다. 더 이상 무슨 일이냐고 물을 엄두도 내지 못하고는 그저 필분이 눈만 불안하게 살폈다. 2교시를 알리는 음악소리와 거의 동시에 필분이가 미치겠다고 머리카락을 마구 쥐어뜯더니

"우리 할머니 때문에……."

간신히 언질을 주고는 운동장을 질러갔다.

2교시는 담임선생님 시간이었다. 수업시간을 10분이나 씹어먹고 들어온 담임선생님은 국어책을 펴지도 않은 채 한숨만 팍팍 내쉬더니, 불쑥 아이들을 노려보았다.

"혹시 지난주에 촛불시위에 참석한 사람…… 없겠지?"

아이들은 약간 얼떨떨한 눈빛을 짓다가 눈길이 닿는 친구들에게 자신들만이 알 수 있는 신호를 주고받았다. 대충 이런 뜻이 담긴 신호였다. 무슨 일이지? 왜 담탱이가 촛불시위 이야기를 하지? 누가 촛불시위에 참석했나? 아침부터 필분이가 불려간 걸 보면. 혹시? 맞아, 그래서 필분이가 불려갔나봐. 근데 학교에서 안 걸 보면 필분이가 자유발언이라도 했나? 그랬겠지. 그러니까 저 난리겠지. 필분이도 그런 눈길을 느꼈다. 하나둘씩 아이들의 눈빛이 자신을 향하고 있었고, 몇몇은 노골적으로 자신에게 눈을 고정시켜버렸고, 또 몇몇은 몹시 걱정스럽다는 눈빛을 보내고 있었다. 필분이는 숨이 막혔다. 왜 모든 일들이 자신을 옭아매는지 억울하고 답답했다.

"얼빠진 것들. 지들이 뭘 안다고 까불고 난리야. 미국산 쇠고기를 먹어도 광우병에 걸릴 확률은 몇억 분의 일도 안 되는데……. 미친 것들! 그렇게도 할 짓이 없나? 혹시 우리 반에서 그런 학생이 있으면 내가 교직을 떠나는 한이 있더라도 가만 안 둘 거야!"

필분이는 선생님의 목소리가 자신의 머리에 무겁게 무겁게 쌓이는 걸 느꼈다.

"세상 말세야, 말세! 텔레비전이다 인터넷이다 휴대폰이다 하여 너무 말하기가 쉬워지니까, 너무들 말을 함부로 해. 대학교수니 무슨 박사니 하는 놈들까지 나서서 난리니……."

아이들은 숨소리도 내지 않고 서로의 눈치만 살폈다. 잠시 입을 다문 선생님은 요란하게 슬리퍼를 끌면서 교탁 앞을 왔다갔다하더니 다시 목소리를 높였다.

"집에서 가금류를 키우는 사람 손들어!"

촛불시위에 대해서 열을 올리다가 갑자기 가금류라니! 아이들은 멍하니 서로를 쳐다보았다. 가금류가 뭐지 하고 짝꿍을 쳐다보는 애도 있었다. 선생님도 그런 분위기를 이내 맥 짚고는 아까보다 더 크고 날카롭게 소리쳤다.

"그러니까 닭이나 오리처럼 날짐승을 키우는……. 어서 손들어!"

몇몇 아이들이 쭈뼛거리면서 손을 들어올렸다. 필분이는 맨 마지막으로 손을 들었다.

"이따가 반장한테 오리 몇 마리 닭 몇 마리 이런 식으로 정확하게 적어내. 그리고 오늘 집에 가서, 각자 사는 마을에서 어떤 종류의 가금류를 얼마나 키우는지, 구체적으로 알아와서 내일 아침에 반장한테 적어내. 숙제야. 날 것이라면 다 포함돼. 읍내에서 사는 사람들은 집에서 기르는 애완용 앵무새부터 십자매 같은 새들, 시골에서 사는 사람들은 거위부터 칠면조, 꿩…… 날개 달린 것이라면 다. 만약 참새도 키우면 그것까지 다."

참새까지 들먹거리자 아이들은 하마터면 웃음을 터뜨릴 뻔했다. 필분이는 2교시가 끝나자 다시 교실을 뛰쳐나갔다. 3층 복도를 단숨에 뛰어내렸다. 운동장 끝까지 달렸다. 그러지 않으면 가슴이 폭발해버릴 것만 같았다.

"언니, 그런 내 심정이 어땠는 줄 알아? 당장 어디론가 도망치고 싶었다고. 요즘 같아서는 쪽팔리고, 짜증나고……."

언니는 필분이 목소리가 잦아들 때까지 기다렸다가 속삭임에 가까운 목소리를 보내왔다.

"학교 선생님들까지 그런다는 게 이해가 되지는 않아. 좀 심하구나. 언니가 할머니한테 말은 해볼게. 근데 너도 알다시피 할머니한테는 때까우가 사람이나 다름없어. 너도 알지? 할머니가 밭에 가서 밤이 되어도 오지 않으면 때까우들이 마당에서 계속 소리 지른다는 거. 할머니가 마실 가서 오지 않으면 먹이도 먹지 않고 부른다는 거. 내가 봐도 대단해. 개보다 더 영리해. 할머니는 많이 외로워하서. 외아들이었던 아버지도 돌아가시고, 친척들은 다 서울에 살고……. 할머니를 위로해주는 것은 때까우밖에 없어. 이런 일도 있었대. 재작년 8월 할머니가 밭에서 일하고 오시다가 대문 앞에서 쓰러졌는데, 때까우들이 와서 날개를 펴 그늘을 만들어주고 마구 소리 질러댔대. 그러자 지나가던 아랫집 아저씨가 와서 할머니를 병원에 모시고 간 적이 있대. 그 정도니까……."

필분이도 다 아는 이야기다. 아무리 그렇다고 해도 거위가 사람이 될 수는 없다. 어디까지나 가축이다. 그렇다면 답은 뻔하다. 치워야 한다.

"지긋지긋해, 지긋지긋해! 된장, 나한테 어쩌라고, 어쩌라고……. 좋아, 할머니를 이해할 수 있다고 쳐. 그러니까 어쩌라고?

당장 거위를 치우지 않으면 강제로 치우겠다는데, 나한테 어쩌라고. 어쩌라고!"

필분이는 계속 주절거리는 언니의 목소리를 흘려보내려고 애를 쓰다가, 마치 휴대전화에게 화풀이를 하듯이 입 앞에다 대고는 마구 소리 질렀다.


빠앙, 빠앙, 빠앙!

자동차 경적소리가 필분이의 고막으로 파고들었다. 잠깐 무릎 사이에다 얼굴을 묻고 있던 필분이가 얼굴을 들었다. 까만 승용차 한 대가 필분이네 대문 앞에 떡 버티고 있었다. 차에서 하얀 중절모자를 쓴 윤장로가 내렸다. 필분이는 엉덩이를 뒤로 빼면서 가파른 길을 내려갔다.

"필분이 할머니! 저, 윤장롭니다. 문 좀 열어보세요. 어서요."

그 입에 물리기만 하면 저 이글거리는 태양은 물론 돌멩이조차 갈기갈기 찢어발길 정도로 사납게 악다구니를 퍼붓는 거위들 때문에 윤장로의 목소리는 주눅이 들어 있었다.

서울에서 대학교수로 존경을 받으면서 한 점 흐트러짐 없이 청렴하게 삶을 꾸리다가 정년퇴임을 하자마자 낙향한 윤장로는, 요즘 보기 드문 사람이라는 평판이 우세하다. 아무리 못살고 못난 사람이라도 무시하는 법이 없다. 그런 윤장로의 맑은 눈길이 할머니를 움직였는지 모른다. 아무튼 할머니는 일요일만 되면 조물조물 땟국

물을 뽑아낸 옷을 깔끔하게 차려입고 교회당으로 발걸음을 하였다. 그동안 숱한 교인들이 하느님을 믿으라고, 그러면 모든 일이 잘 풀릴 거라고 수백 번도 더 뇌까렸지만 비웃음으로 흘려보낸 할머니가 달라졌다. 입방아 찧기 좋아하는 사람들은 그런 할머니의 꿍꿍이속을 들추어내려고 하면서 하느님에 대한 믿음을 인정하지 않았고, 일요일마다 윤장로의 차를 기다리는 할머니를 비틀어보면서

"저 호랑이보다 징한 할망구가 윤장로님을 마음에 두고 있는 것 아녀!"

그와 흡사한 온갖 소문의 씨앗을 발아시키려고 했다. 그러거나 말거나 할머니는 일체 대거리하지 않았고 간신히 싹을 내민 소문조차도 뿌리를 내리지 못하고 시들어버렸다. 할머니는 필분이한테도 교회를 믿으라고 그 특유의 잔소리를 늘어놓았다. 작년 생일에는 죽거들랑 교회식으로 장례를 치르라는 유언까지 흘렸다. 그런 할머니가 며칠 전부터 교회에서 걸려오는 전화를 신경질적으로 받으면서 다시는 교회당 근처에도 가지 않겠다고 고개를 흔들어버렸다.

필분이는 박덩굴이 부지런히 살림 차리고 있는 돌담 밑으로 기어갔다.

"자, 그러지 마시고 제발 문 좀 열어보세요. 예에, 어서요!"

윤장로가 이마에 가득 찬 땀을 닦아낼 즈음에서야 할머니가 대문을 열었다.

"아따 참말로 질기네요. 나 같은 할망구가 뭣이 그리 중요하다고

이렇게 공들이고 야단이요. 내가 교에다 돈을 많이 갖다바치요, 교
에 가서 기도를 열심히 하요? 아이, 버러지만도 못한 할망구를 뭣
이 그리 중요하다고……."

할머니 눈동자에는 윤장로에 대한 미안한 감정이 떡고물처럼 묻
어 있다. 윤장로는 모가지를 휘저으면서 텃세 부리는 거위의 서슬에
눌려 차마 마당으로 들어가지 못하고 할머니한테 손짓만 해댔다.

"자, 어서 나오세요. 어서 가십시다. 목사님이 기다리고 계세요.
목사님이 무척 걱정하시면서 죄송하다고 하시더라고요. 목사님은
그런 뜻으로 말씀드린 게 아니라고……."

할머니는 위아래 입술을 번갈아가면서 깨물다가 끙, 하면서 한숨
방아를 찧었다.

"장로님, 왜 이리 질기세요. 교 다닌 사람들이 불독만이로 한번
물면 안 논다는 말은 들었지만……. 나 하나 안 나간다고 교가 망
하지도 않을 것이고, 나 하나 안 나간다고 하나님이 노하지도 않을
것이고요. 아따~ 그래도 내 말 못 알아들으요? 나는 머지않아 무
덤 속 바가지공장에 취직할 몸이고, 지옥에 가서 튀겨죽든 곪아죽
든 고건 상관없소. 내가 교에 나간 것도 아직 세상에다 뿌리내리지
못한 물렁물렁한 손자 손녀들 때문이지, 기도하면 그것들이 좋아진
다니까 그러는 것이지, 나는 애당초 천당이라는 것을 모르고 살았
소. 천장은 알아도, 천지는 알아도, 천하는 알아도, 천당은 모르요.
아따~ 참말로 성가시게 하시요. 그럼 이렇게 전하세요. 세상천하

에 욕쟁이 아무개 할망구가 요샛말로 또라이가 되어가지고, 감히 요렇게 말하더라고요. 괜히 사람들한테 씨알머리 없는 소리 내지르지 말고요, 목사님 당신 귓구녕이나 송곳으로 뚫고서 하나님 목소리나 제대로 들이라고 하세요. 나는 하나님을 만나본 적도 없고, 하나님 말씀을 직접 들어본 적도 없지만, 하나님이 산목숨을 땅에다 묻으라고 그런 말씀하실 양반이라고 보지는 않으요. 나는 몇 날 며칠 잠 안 자고 끙끙거리다가 우리 때까우를 어떻게 했으면 좋겠냐고 물은 것인데, 명색이 목사라는 양반이 눈 하나 까딱 안 하고는 때까우를 죽여야 한다고 하는 순간에 울컥 눈물이 쏟아질 뻔했소. 세상에 목사라는 양반이 그러면 안 되지요. 내 말이 틀렸으면 지금 당장 하나님이 벼락을 내릴 것이고, 아니면 하늘이 말짱할 것이요. 내 말이 틀렸소?"

할머니는 눈심지에다 모든 힘을 몰아넣은 채 작정을 하고는 입에서 까불어져 나오는 대로 아무런 검문도 하지 않고 거친 말을 풀어버렸다. 윤장로가 눈심지를 부들거리면서 뭐라고 해도 이참에 아예 말뚝을 박아버려야겠다고 작심하였다. 윤장로가 새파래진 얼굴을 어쩌지 못하고는 당황하면서 돌아서자, 조금은 미안한 마음이 들었는지 헛기침만 가만가만 내놓았다. 할머니는 승용차가 사라질 때까지 눈마중을 하면서도 마른 가짓빛 입술을 쉴새 없이 움직였다.

"칵 새똥에 맞아서 똥독에 올라 뒤질 놈들……. 요새 하는 짓거리를 보면 왜정시대하고 다를 바가 하나도 없어. 병 걸린 것들만 묻으면 되지, 성성하게 살아 있는 것들을 왜 땅에다 묻냐 말이어. 죽어서 다들 사람의 살이 되고 정신이 되는 것들을, 사람하고 똑같은 것인데……. 사람도 병 걸리면 다 묻어버리는 세상이 올까봐 겁나네.”

할머니는 고개를 잘래잘래 흔들어대다가 그만 고개를 떨구고는 급하게 당신 앙가슴을 손으로 감쌌다.


할머니의 휘어진 등살로 하느님의 노여움 같은 햇살이 쏟아졌다. 지팡이가 아니라면 평생 그 육신을 지탱해온 두 다리가 와그르르 허물어져버릴지도 모른다. 할머니는 지팡이를 짚지 않은 왼쪽 손을 힘겹게 등에다 얹은 다음 허청허청 뒤란으로 돌아갔다. 저런 노인의 몸속에 강철보다 강한 언어들이 팔딱팔딱 살아 있다는 게 믿어지지 않는다.

필분이는 고양이걸음으로 마당을 가로질러서 방으로 들어갔다. 목이 탔다. 그러고 보니 종일 물 한 모금 마시지 않았다. 필분이는 부엌에 가서 냉장고 문을 열다가 할머니의 목소리를 들었다. 할머니는 뒤란에서 언니하고 통화를 하고 있었다.

“그래, 날씨가 더운데 어떻게……. 공부도 중요하지만 몸이 더 중요하다. 누가 돌봐줄 사람이 없으니까 스스로 몸단속을 해야 써.”

필분이는 저도 모르게 “된장!” 하고 콧방귀를 뀌었다. 언니하고 전화를 할 때는 아무리 골이 나고 원통한 일을 당해 몸이 부글부글 바글바글 끓어도 절대 티를 내지 않는 할머니. 필분이를 대할 때하고 하늘과 땅 차이다. 이럴 때마다 필분이는 서럽다. 할머니한테 그걸 따져들면 언니는 이 집 종자를 닮았고, 너는 엄마 쪽 종자를 닮았다는 타박만 되돌아온다. 팔십이 넘은 할머니가 아직 세상물정도 다 모르는 어린 것한테 그런 말을 해야만 할까. 필분이는 할머니가 해도 해도 너무한다고 바락바락 악을 쓰다가도 다 소용없는 짓임을 알고는 제풀에 꺾여 서글픔을 삭였다.

"그러니까 말이다. 난리다, 난리. 세상에 목사님까지 그럴 줄은 몰랐다. 내가 그랬지. 목사님, 지금 이러이러한 지경인데, 더구나 멀쩡하게 살아 있는 목숨인데, 자꾸 잡아다가 생매장시킨다는데 어쩌면 좋겠습니까? 그랬더니 우리 때까우를 죽이지 않으면 다른 사람들이 피해를 보니까, 마음은 아프지만 생매장시켜야 한다는 것이어. 아니 우리 때까우를 죽이지 않으면 왜 다른 사람들한테 피해를 주냐고 따졌지. 우리 때까우가 몹쓸 병에 걸린 것도 아니고, 요새 정신 나간 사람들보다 더 똘망똘망한데 왜 다른 사람한테 피해를 주냐고. 말이 안 되는 것여. 한 오륙 년 전에도 조류독감인가 지랄인가가 왔다고 난리였지. 그때도 다른 사람들은 정부에서 하라는 대로 산목숨을 다 죽였지만, 나는 안 그랬어. 물론 그때는 이장이 우리가 닭 키우는 것을 몰라서 넘어갔지만…… 너도 알지? 그때 우리 닭 다섯 마리. 아무렇지도 않았잖아? 조류독감인가 지랄인가 하는 병은 옛날에는 없었다. 다 신식 병이다. 양계장에다 수천 수만 마리 가둬 키우면서 생기는 병이지, 우리만이로 몇 마리 마당에다 놓아기르는 것들은 절대 안 걸려. 눈비 맞고 자라서 절대 안 걸려. 내가 그런 말을 조근조근 목사님한테 했지. 이 양반은 내 말은 한마디도 듣지 않고는, 오히려 나를 무식하다는 투로 구박을 주면서 때까우는 또 키우면 되지 않냐고 하는 것이어. 그러니 화가 안 나겠냐? 이제 목사고 목탁이고 소용없다. 나는 못 한다. 절대로 때까우를 못 내준다. 내가 죽기 전에는……. 때까우가 사람 같다고 해서 이러는 것이 아니다. 그냥 닭이라고 해도 마찬가지다. 성성하니 살아 있는 것들을 왜 죽이냔 말야. 그런 법은 없다. 내 생전에는…….”

필분이는 벌레가 되어서 코르크 마개로 밀폐된 병 속에 갇힌 기분이었다. 누가 저런 할머니의 성질머리를 다발다발 사려낼 수 있을까. 하느님, 부처님, 알라신, 신령님, 온갖 신들이 다 달려들어도 절레절레 살래살래 고개를 흔들면서 뒷걸음질 치고야 말리라.

호주머니에서 진동모드로 해놓은 휴대폰이 강렬하게 몸을 흔들어댔다. 필분이는 부엌에서 마루로 나와 휴대폰을 끄집어냈다. 화면에 이대식이라는 이름이 떴다. 재수 빵점인 반장이다. 유난히도 깔끔을 떨어대는 못생긴 놈.

— 웬일이셔?

— 야, 잘 되어가냐?

— 된장, 뭐가 잘 되어가냐고? 장난쳐!

— 야, 담탱이가 전화해보래, 그래서 하는 거야.

─ 된장, 이거 졸라 웃기네, 이게 뭔 짓이야?

─ 야 오후에는 체육관에 전교생이 모여서 에이아이 조류독감에 대해서…… 야, 말도 마라. 이제 참새만 보아도 기침이 나오려고 한다.

─ 된장, 통화 안 된다고 담탱이한테 쏴.

필분이는 진짜 기분 나빴다. 눈앞에 담임선생님이 있다면 할머니한테 배운 욕설 한 자락을 휘두르고 그놈의 학교를 때려치우고 싶을 정도였다.

다시 휴대전화가 울렸다. 더 이상 받고 싶지 않았다. 안방에서는 집 전화가 야단이다. 역시 받지 않았다. 전화기는 벨소리를 열 번도 넘게 울려대다가 스스로 지쳐서 끊어진다.

너무 힘들었던 모양이다. 아침부터 이 사람 저 사람에게 시달리다보니 입에다 짜증이라는 말을 달고 다닌 게 허풍이 아니었다. 필분이는 입을 나불나불하다가 스르르 눈을 감았다. 필분이는 책상에다 얼굴을 묻고 침까지 질질질 흘리면서 졸았다. 그놈의 휴대전화만 아니었다면……. 정말 집어던지고 싶을 정도로 집요하고 끈질기게 필분이 잠을 깨웠다.

"된장, 미치겠어, 미치겠어, 지겨워……."

필분이는 개미떼의 공격을 받은 지렁이처럼 몸을 마구 뒹굴다가 휴대전화를 손아귀로 끌어당겼다. 윤호한테 온 전화였다.

─ 왜 전화했어?

— 걱정돼서. 목소리가 안 좋아.

— 된장, 졸라 짜증나!

— 할머니 때문에?

— 된장, 졸라 말이 안 통해. 나도 몰라! 아, 짜증, 개짜증, 왕짜증…….

필분이는 마구 발을 구르면서 머리가 떨어져나갈 정도로 도리질을 해댔다. 누군가 다시 대문을 두드렸다. 그 소리가 필분이의 고막을 점령하는 순간부터 몸이 차갑게 굳어졌다. 방문 틈으로 바깥을 내다보았다. 거위들이 마당 한복판에서 한껏 위세를 부려보지만 거친 자동차 경적 소리에 그 기세가 한풀 꺾인 채 축사 쪽으로 뒷걸음질 치고, 몇몇 사람들이 번갈아가면서 할머니를 부르고 대문을 쾅쾅 때렸다. 필분이는 방문을 열고 나가려다가 주춤 섰다. 뒤란에서 걸어나온 할머니가 당신 그림자를 아프게 밟아가면서 대문 쪽으로 가고 있었다.

"아따아— 뭐 훔쳐갈 것도 없을 것인데……. 어서 문 좀 열어보세요. 나 이장입니다."

할머니는 지팡이에다 몸을 의지하고는 머리를 앞쪽으로 뽑으면서 헛기침을 해댔다.

"나는 자네한테 볼일 없네."

"아따아— 그러지 말고 어서 문 좀 열어보세요!"

이장의 목소리에는 저런 노인들과 한마을에서 산다는 것이 창피

하고 쪽팔려 죽겠다는 원성이 잔뜩 버무려져 있었다. 할머니는 더욱 머리를 앞으로 뽑아내면서 눈만 깜박였다.

군청에서 나온 박계장이 직접 문을 흔들어댔다.

"어머니, 저 군청에서 일하고 있는 박달굽니다. 전에도 몇 번 뵈었잖아요? 저기 아랫마을에 제 이모님이 계시고, 저 윗녘에 사시는…… 제 아재이시고…… 우리 이모님이 잘 아신다고 하더라고요. 같은 교회에 다니신다고……. 그러니까 자식이다 하고 어려워 마시고 문 좀 열어주십시오. 어머니 마음은 잘 압니다. 저도 맘이 아픕니다. 하지만 어쩌겠어요. 지금 우리 군은 비상사태나 다름없습니다. 여기서 조류독감이 더 퍼져나가면 우리 군민들은 다시 일어설 수 없을 만큼 큰 피해를 봅니다. 그러니까 제발 협조해주십시오."

박계장은 옆에서 자꾸만 나서려고 하는 다른 공무원들을 손짓으로 저지하면서 자신의 진실이 노인의 가슴으로 젖어들기만을 간절히 바라고 있었다. 할머니는 여전히 대답이 없다. 이장은 진짜진짜 쪽팔려서 이런 노릇도 팽개치고 싶다고 거침없이 침을 뱉더니, 사람들에게 한평생 수발받고 살아온 수백 년 묵은 당산나무조차 인정사정없이 내리치는 태풍처럼, 이제는 가만두지 않겠다는 눈빛으로 대문을 발로 찼다. 박계장이 말려도 소용없었다.

"아따아― 할매 문 좀 열어보시란 말요! 안 열면 내가 부수고 들어가요!"

"이건 국가에서 내리는 명령입니다!"

박계장 뒤에 있던 사람이 날카롭고 빠르게 내뱉었다. 박계장은 고개를 흔들면서 뒤로 물러났다.

"할머니 때문에 모든 군민들이 피해를 볼 수 있어요!"

할머니는 계속 고개를 수그린 채 가만히 듣고만 있었다.

"국가에서 내리는 명령을 거부하면 잡혀가요!"

할머니는 그 말을 듣고서야 목을 움츠리면서

"국가가 뭣여!"

하고 짜랑짜랑한 메아리를 풀어놓았다.

"내 눈에 흙이 들어가기 전에는 어림없어. 나도 묻어버려. 나까지 묻어버리라고!"

그 꽉 막힌, 이 세상에 존재하는 모든 날카로운 것들을 총동원해서 구멍을 뚫어도 소용없을 것 같은 그 단절 앞에서, 계장을 비롯하여 십여 명의 사람들은 고개를 흔들어버렸다. 말로써 한 사람을 설득시킨다는 것이 얼마나 어려운지 그들은 새삼 깨달았다.

할머니는 그들이 사라질 때까지 서 있다가 어디선가 당신 몸보다 곱절이나 뼈골이 무거운 통나무를 세 개나 끌어다가 대문의 보초를 세운 다음, 거위들을 뒤란으로 불렀다. 겁에 질려 있던 거위들이 뒤란으로 돌아갔다. 할머니는 거위와 당신만이 알 수 있는 목소리로 고시랑거렸다. 거위들이 크게 소리를 지르고, 파닥파닥 날갯짓도 하였다. 뭔가 심각한 말을 주고받는 모양이다.

거위들의 소리가 잦아들 즈음 휴대전화가 다시 울렸다. 윤호다.

─ 왜 갑자기 전화 끊어? 무슨 일 생긴 거야?

─ 미안해. 갑자기 사람들이 들이닥쳐서……. 군청에서 공무원들이 떼거리로 몰려왔어.

─ 이야, 할머니 세다. 군청까지 들썩거리게 하고. 이제 해결됐니?

─ 된장…… 열라 짜증나. 그 누가 와도 우리 할머니 고집은 못 꺾어. 대통령이 와도 우리 할머니 고집은 못 꺾어. 국가에서 내리는 명령을 거부하면 잡혀간다고 해도 눈 하나 까딱 안 했어. 이제 몰라. 불안해서 집에 있기도 싫어……. 씨이, 누가 또 온 것 같아. 이따가 통화해.

누군가 또 대문을 두드렸다. 조금 전하고는 상황이 다름을 느낄 수 있을 정도로 대문은 절박하게 소리 질렀다.

필분이의 휴대전화가 호주머니에서 깅하게 몸을 흔들어댔다. 모르는 전화번호가 화면에 떴다. 휴대전화를 받지 않자 집 전화가 울리고, 대문 밖에서 필분이를 부르는 이장님 목소리가 포탄처럼 날아들었다. 필분이는 망설이다가 집 전화를 집어들었다.

"아따, 이 가시내야, 전화도 안 받고 뭐 하냐! 어서 대문 열어라."

이장이다. 필분이는 미그적미그적 마당으로 내려가면서 자꾸만 두리번거렸다. 할머니와 거위는 꼴도 보이지 않는다. 필분이가 낑낑대면서 대문을 사수하고 있는 통나무들을 치우자 마치 둑이 터지면서 급류가 쏟아져 들어오듯이 십여 명의 사람들이 들이닥쳤다. 이장님을 선봉으로 방제복 차림의 네댓 명이 들어오고, 평상복 차림의 대여섯 명이 마당을 두리번거렸고, 경찰은 맨 끄트머리에서 무전기만 들고서 종알거렸다. 필분이를 노려보는 이장의 눈빛이란 굶주린 고양이보다 더 날카로웠다.

"그놈의 때까우들 어딨냐?"

"몰라요."

필분이는 '된장' 하고 터져나오는 말을 간신히 삼켰다.

"모른다고야? 아까까지만 해도 있었는데……. 자, 다들 빨리 찾아보세요."

이장은 다른 사람들에게 눈짓하면서 축사로 걸어갔다. 어느새 마당으로 들어선 방역차량이 눈에 보이는 모든 것들에게 소독약을 쏘아댔다. 햇빛은 물론 바람이며 공기, 흙, 나무, 돌멩이……. 흙에서 살아가는 모든 것들을 공격목표로 삼았다. 사람들은 흩어져서 거위를 찾았다. 필분이는 머리카락을 오른손으로 둘둘 말고 왼쪽 손톱을 물어뜯었다. 대체 이게 뭐하는 짓인지 모르겠다. 어디론가 숨어버린 할머니를 응원해야 하는지, 저 사람들을 응원해야 하는지, 이 황당한 숨바꼭질 놀이에서 방관자 노릇을 해야 하는 자신이 답답하다. 할머니는 왜 이래야 하고, 저 사람들은 또 왜 저래야 하는지. 집 안을 한참 뒤지던 사람들이 마당으로 나오면서 할머니를 불러댔다. 필분이도 놀랐다. 할머니가 어디로 숨었을까. 할머니보다 허우대가 큰 두 마리의 거위와 함께 감쪽같이 숨는다는 건 불가능하다.

"할머니 어딨니?"

방제복을 입은 사람이 쏘아붙였다.

"몰라요."

"아따아 이 가시내 능청은……. 어서 말해라. 너희 할매 때문에 저 사람들이 다른 일도 못하고 이러고 있다. 이것이 뭔 꼴이냐? 어서 말해라!"

이장은 방귀를 뀌다가 똥이라도 싼 듯한 눈빛으로 다그쳤다.

"몰라요."

"어이, 학생. 거짓말 치면 큰일 나. 어서 말해."

무전기를 들고 누군가랑 계속 교신을 하던 경찰이, 이쯤에서 자신이 한번쯤 나서야 한다고 맥을 짚었는지 숙달된 경찰들 특유의 표정으로 눈에다 날을 세웠다.

주눅 들고 주눅 들어서 고개도 들지 못하는 필분이는 더 움츠리면서 모른다고 고개를 흔들어댔다. 누군가 으르렁거리고, 협박하고, 어깨를 흔들어대도 필분이는 고개를 흔들어댈 뿐이다.

"노인네가 단단히 미쳤구먼. 아마 거위를 데리고 산으로 달아난 모양이네. 어서 가서 찾아!"

누군가 그렇게 소리쳤고 그와 동시에 집 안에 가득 찼던 발자국 소리가 마당을 빠져나갔고, 맨 뒤에 선 이장이 괜히 대문을 발로 차면서 화풀이해댔다.

"아따아, 그놈의 할망구 때문에 참말로 미쳐버리겠네! 귀신들은 뭐 하는지, 그놈의 할망구 하나 잡아가지 않고 뭐 하는지……."

사람들이 빠져나가자 집 안은 세상의 모든 소리가 잠들어버린 듯 조용했다. 필분이는 땅바닥에 주저앉았다. 누군가에게 흠뻑 두들겨 맞은 기분이랄까. 귀가 멍하고, 눈앞에 보이는 모든 것들은 움직임을 멈췄다.

"된장, 졸라 웃기네! 아, 짜증, 짜증, 미쳐버리겠네!"

필분이는 손에 잡히는 대로 잔돌이며 막대기를 집어던지고 발을 구르다가 모든 걸 포기하는 심정으로 발라당 누웠다. 언제부턴지 하늘은 구름으로 잔뜩 도배가 되어 있었다. 등이 시원했다. 늘 밟고만 다니던 흙. 그 흙이 이렇게 시원하고 편안할 줄 몰랐다. 이대로 자고 싶었다.

한 방울, 또 한 방울…… 빗방울이 떨어졌다. 필분이는 일어나지 않았다. 빗방울은 흙이랑 돌멩이 그리고 막대기며 낡은 대문까지 골고루 만져주었다. 필분이의 몸이 축축하게 젖어들었다. 그래도 불편하지 않았다. 오히려 몸이 젖어들수록 묘하게도 흥이 났다. 필분이는 저도 모르게 노래를 부르기 시작했다.


찬바람 불 때 내게 와줄래

세상이 모질게 나를 괴롭힐 때

신나게 놀자 웃자 한바탕

하하하하하하 이 밤이 다할 때까지

하하하하하하 이 비가 그칠 때까지

먼 나라
이야기

1교시가 끝나자마자 오연이는 휴대전화부터 끄집어냈다. 단축키 1번에다 힘을 주자 '찔레댁'이라는 글자가 화면에서 꾸물거렸다. 신호음이 갔다. 말을 하지 못하는 어머니는 오연이의 전화를 받으면 허밍음으로 '엄마 일 가는 길에 하얀 찔레꽃……' 하는 대목을 읊조린다. 그런 다음 재빠르게 문자를 보내온다. 아무리 신호가 가도 어머니가 전화를 받지 않았다. 오연이는 어머니가 전화를 받을 수 없는 상황이라고 판단하고 문자를 치기 시작했다. 마을사람들은 어머니를 찔레댁이라고 부른다. 어머니는 그 댁호를 기쁘게 받아들이면서 여기저기 아는 이들에게 찔레댁이 당신의 닉네임이라고 호들갑스럽게 알렸다. 찔레댁, 처음에는 결코 좋은 이미지로 움튼 말이 아니었다. 찔레댁, 사람들은 얼굴이 유독 하얀 새색시를 보면서 흙내만 맡아도 멀미를 할 것이라고 손가락질하고는, 찔레꽃처럼 고운 사람이 어찌 험한 농사를 감당할 수 있을까 하는 걱정과 비웃음이 버무려진 뒷공론의 매듭이었다. 찔레댁, 지금이야 겉보기와는 달리 속내가 찔레가시처럼 야무진 구석을 비유하면서 오히려 추어올리는 인사치레가 되었지만. 찔레댁, 찔레댁! 죽은 자벌레만 보아도 눈망울을 글썽거리는 어머니. 그런 사람이 뜻밖에도 평생 땅 냄새 맡고 살아온 사람들조차 겁내는 독사를 보아도 비명의 고삐 한 번 풀지 않았고, 곰팡이한테 시달리면서 깡깡 말라진 메주 덩어리가 항아리 속에서 짜디짠 간장을 온몸으로 받아들이듯이, 온몸으로 삭여내듯이, 온몸으로 자신을 변화시키듯이, 결국은 간장하고 한 몸이 되어버리듯이, 어머니는 그렇게 땅과 한 몸이 되어버렸다. 어머니는 유독 풀을 좋아했다. 항상 식물도감을 끼고 다니면서 펼쳐도 보고 때로는 깔고 앉기도 하고, 때로는 풀밭에 누워 베개로도 쓰고 때로는 성깔 부리는 뱀을 혼내주는 무기로 쓰고, 때로는 마을사람들한테 귀동냥한 풀 이름을 기록하는 공책이 되었다. 사람들은 그런 어머니 마음을 북돋아주었고, 인터넷 세상까지 자유롭게 소통하는 어머니를 신세대라고 부러워했다. 오연이는 어머니의 손을 잡으면 뭔가 찡하는 울림이 감지되었다. 어머니 몸속으로는 항상 종소리와 유사한 울림이 흐르고 있었다. 오연이는 그런 어머니를 떠올리면서, 아버지가 우시장에 잘 가셨냐고 문자를 보냈다.

"예에, 각 교실에 알립니다. 지금 밖에는 송홧가루가 많이 날아다니므로 각 교실에 열려 있는 유리창은 모두 닫아주기 바랍니다. 송홧가루를 많이 들이마시게 되면 호흡기가 약한 학생들은 천식이나 각종 알레르기를 일으킬 수 있으니, 각별히 주의해주기 바랍니다. 그리고 가급적이면 운동장 활동을 삼가고……."

가수 백지영의 목소리를 닮은 보건선생님의 허스키한 목소리가 교실 안으로 흘러나왔다. 몇몇 아이들이 창가로 모여들었다. 바람이 학교 건너편 숲을 건드릴 때마다 숲은 뿌연 송화구름을 만들어냈다. 엄청난 꽃가루 사태다. 오연이는 휴대폰을 꼭 그러쥔 채 바깥을 보다가 화들짝 놀랐다. 뒤에서 오연이 등을 툭 친 승재가 미안하다는 표정을 지었다.

"송홧가루는 약으로 쓰는 거 아니냐?"

그냥 고개만 끄덕이는 오연이의 눈빛은 어찌 보면 잠이 덜 깬 것 같기도 하고, 어찌 보면 눈만 뜨고 있을 뿐 정신은 다른 곳에다 두고 온 것 같기도 하였다.

"그러면 몸에 해롭지 않은 게 뭐가 있냐? 여기는 시골인데도 물을 맘대로 마시나, 숨을 맘놓고 쉴 수 있나. 우리 엄마는 날아다니는 새도 쳐다보지 말라고 한다. 조류독감인가 뭔가 때문에……. 조류독감이 공기로 전파된대. 그러면 큰일 아냐? 이러다가는 날마다 방독면 차고 사는 거 아냐? 공부만 하기에도 해골이 아픈데 뭐 이렇게 조심해야 할 것이 많냐!"

입 안에서 몇 번이나 굴리다가 "그러게" 하고 내뱉는 오연이의 그 한마디에는, 요즘 그의 뇌리에서 바글거리고 있는 모든 고민이 응축되어 있었다. 오연이는 눈을 심하게 껌벅이면서 승재를 보다가 고개를 돌렸다. 승재도 그런 오연이를 곁눈질하고는 창가에다 턱을 괴었다.

"너도 담탱이하고 면담했지?"

하도 목소리가 낮아서 누구의 입에서 흘러나온 목소린지 헷갈리고, 하도 둘의 침묵이 길어서 더더욱 누구의 목소리인지 알 수 없었다.

승재는 한참 뒤에 입을 열었다. 이번에는 확실하게 임자를 알 수 있을 정도로 큰 목소리였다.

"나한테는 외고 가라고 하더라."

"너는 가능하지."

"나는 외고 싫어. 운이 좋아서 붙을지 모르지만 외고 가서 뒷줄에서 놀 바에는……."

작년까지만 해도 오연이는 학년 전체 1등 깃발을 놓친 적이 없었다. 승재는 오연이의 상대가 되지 않았다. 오연이는 늘 승재를 한 수 아래로 내려다보았으나 지난겨울부터 판세가 달라졌다. 명문대 출신이라는 우수한 무기로 중무장하고서 숱한 입시전투에서 혁혁한 공을 세운 과외선생님으로부터 집중적인 조련을 받기 시작하면서부터 승재는 공부의 맛을 알았고, 불과 몇 달 만에 오연이를 밀어내버렸다. 허탈했다. 오연이는 현실을 받아들일 수밖에 없었다. 자신이 우물 안 개구리였음을 깨달아가면서 외고라는 말만 들어도 주눅이 들어버렸다.

"나는 F고등학교 쪽으로 굳혔어. F고는 비평준화 학교라 괜찮대. 그런 학교에 가서 빡세게 하는 게 더 낫대. F고는 작년 서울대 다섯 명 갔대. 전교 10등 안에만 들면 연고대 이상을 보장한대. 담탱이는 외고 아니면 R고 가라고 하더라만……."

F고는 여기서 한 시간이나 버스 품을 팔아야 할 정도로 멀 뿐만 아니라 행정구역상으로도 다른 지역이다. 담임선생님은 그런 단점에다 방점을 찍으면서 외고 아니면 읍내 R고에 가서 내신을 올린 다음, 수시를 노리는 작전이 낫다고 했다. 오연이 말을 들은 승재는 은근히 핏대를 세웠다. R고에 가면 내신 1등급은 보장받을지 몰라도 작년 입시판을 보면 헛웃음만 나온다고. 서울 중상위권 대학에는 한 명도 밀어넣지 못했고, 고작해야 수도권에 개똥처럼 널려 있는 그저 그렇고 그런 대학에다 싸구려 물건 팔 듯이 한 두름 집어넣었을 뿐. 제법 이름세 있는 지방의 국립대학에도 한 두름 정도 이름 올렸다고 자랑스럽게 현수막을 걸었으나 속내를 보면 장래성이 없어서 존폐의 위기에 몰린 인기 없는 학과일 뿐이라고.

"그래서 R고는 꽝이야. 과외선생님이 그러시는데 앞으로 수시는 더욱 어렵대. 예체능계 아니면……. 예체능계도 예고가 거의 다 쓸어버린대. 결국 공부밖에 없다고. 빡세게 하는 학교에 가서 성적 올리는 것밖에. 사실상 본고사도 부활된 것이나 다름없다니까……."

2교시를 알리는 음악소리가 아니었더라면 승재의 입에서는 이 나라의 교육현실을 비판하는 말들이 주렁주렁 덩굴져나왔을 것이다.

오연이는 자리에 앉자마자 눈을 감았다. 외고를 가야 할지 F고를 가야 할지 R고를 가야 할지, 치열하게 각 학교의 장단점을 발라내던 열정도 요사이 많이 식어버렸다. 국회의원 선거가 끝나자마자 기습적으로 발표된 미국산 쇠고기 전면개방이라는 뉴스 한 방에 부모님의 삶은 격추당할 위기에 빠져버렸다. 아버지는 부쩍 말수가 줄어들었다. 반대로 어머니는 틈만 나면 오연이한테 문자를 보내고, 집에 가면 혼자 있을 시간이 없을 정도로 다가와서 말을 걸었다. 그만큼 어머니는 불안해하고 있었다. 오연이는 진동모드로 설정해놓은 휴대폰을 손아귀에다 꼭 쥐고 어머니의 하얀 얼굴을 애써 떠올렸다.

2교시가 시작된 지도 한참이 되었으나 과학선생님이 오지 않았다. 아이들은 은근히 선생님이 들어오지 않기를 바라면서 웅성웅성 떠들어댔다. 사실 요새 학교 분위기는 뒤숭숭하다. 학생들이 자체적으로 하는 행사 중에서 가장 큰 체육대회가 끝난 지 얼마 되지 않은 탓도 있을 것이고, 2학년들은 수학여행을 다녀온 지 얼마 되지 않은 탓도 있을 것이고, 3학년들은 중간고사가 끝나자마자 시작된 진학상담이 마음을 무겁게 누른 탓도 있을 것이고, 학생들 중 절반은 부모님이 소를 키우다보니 미국산 쇠고기 수입 발표로 역시 신경이 날 서 있는 탓도 있을 것이고, 그렇지 않은 학생들도 이러저러한 광우병 괴담에 치여서 이래저래 마음이 잡히지 않았다. 반장이 나가려다가 주춤거리고 제자리로 돌아왔다. 또각또각 슬리퍼를 끌면서 누군가 걸어왔다. 서른의 중반을 웃돌았으나 워낙 동안이라 남학생들에게 인기 짱인 역사선생님이 들어오자 더욱 소란해졌다. 선생님은 그런 소란스러움을 애써 진압하려 들지 않고 기다렸다가 과학선생님이 급성맹장염으로 병원에 실려 갔다고 자습이라고 말했다. 아이들은 과학선생님에 대한 걱정보다 지겨운 공부를 한 시간 하지 않아도 된다는 생각으로 짧게 환호성을 질렀다.

오연이가 휴대폰을 끄집어내려고 할 찰나 역사선생님이 다가왔다.

"김오연, 교장선생님이 부르신다. 교장실로 가봐라."

오연이는 약간 불안한 눈빛으로 교장선생님이 왜 자신을 부르는지 모르겠다는 표정을 지었다. 선생님은 더 이상 어떤 말도 덧붙이지 않았다. 오연이는 교실을 나오면서도 도대체 교장선생님이 왜 자신을 부르는지 알 수 없었다.

교장실을 노크하고 들어갔다. 하도 깡말라서 '미라샘'이라고 부르는 교장선생님이 "어서 오너라" 하고 자상한 미소를 흘렸다. 그 옆에는 얼굴색이 유달리 좋은 R고 교장선생님이 앉아 있었다. R고 교장선생님은 제법 유명한 시인이다.

두 분 다 이 지역 출신이다. 두 분 다 인생의 말년을 모교에서 교장선생님으로 보내고 있다. 두 분 다 기독교를 믿어야 이 나라가 선진국이 된다고 믿는다. 두 분 다 술과 담배가 이 나라를 망치고 있다고 확신한다. 다른 점이 있다면 오연이네 교장선생님은 삼십대 초반에 아내를 여의고 혼자 살았고, R고 교장선생님은 세 번이나 이혼을 거듭하였으며 지금도 스무 살 연하의 고운 여자랑 살고 있다는 점. 아무튼 두 사람은 영어예찬론자인 이명박 대통령을 위대한 지도자라고 추켜세우는 것까지 똑같다. 두 분은 미리 약속이라도 한 듯이 지난 졸업식장에서 영어로 훈시를 하여 식장에 앉아 있는 사람들의 귀를 당황하게 하였다. 졸업장은 물론 상장까지도 영어와 한글로 동시에 표기하였다. 유감스럽게도 R고는 졸업장에 적힌 영어표기법이 잘못되어서 졸업생들의 항의 사태를 빚는 수모를 당했고, 부랴부랴 졸업장을 회수하여 리콜해주는 우스꽝스러운 일이 벌어졌다. 그때부터 R고는 '리콜고'가 되고야 말았다. 그렇지 않아도 평판이 좋지 않았는데 초유의 리콜 사태까지 생기자 빨래집게를 보고 A자도 모르는 농부들조차

"영어선생들이 얼마나 실력이 없으면 그런 것을 틀렸을까. 다들 대학을 개구멍으로 들어갔다가 개구멍으로 나온 것이지. 그런 개구멍 학교를 어떻게 보내겠어! 외국서 온 개새끼들을 잡아다가 아이들 교육을 시켜도 그놈의 리콜고보다는 나을 것이어."

그렇게 비아냥거렸고, 들고양이들 사이에서는 R고가 머지않아 문 닫으면 우리 차지가 될 거라는 소문이 맹렬하게 퍼져나갔다.

오연이는 자꾸만 눈웃음을 치면서 쳐다보는 R고 교장선생님이 무척이나 부담스러웠다. 교장선생님이 먼저 입을 열었다.

"오연이는 담임선생님하고 면담했지? 그래, 아직 시간이 많이 남았다만……. 외고는 네가 싫다고 했다면서? F고를 생각하고 있니?"

오연이는 교장선생님을 쳐다보지 못했다. 교장선생님이 이런 말을 하리라고는 상상도 못 했고, 외고가 싫다고 담임선생님한테 말한 적도 없었다.

"아니요, 아직……."

오연이가 더듬거리자 교장선생님이 헛기침을 해댔다.

"그래, 충분히 여러 가지 가능성을 놓고 결정해라. 오늘 교장선생님이 너를 부른 것은, 여기 R고 교장선생님도 계시다만…… R고에 대해서도 생각해보라고. R고가 이번에 명문대학을 나온 젊은 선생님들을 세 분이나 새로 모셨고, 특히 오연이처럼 우수한 학생들을 뽑아서 명문대반을 꾸릴 생각이란다. 장학금 혜택도 많고……."

이제야 R고 교장선생님이 오신 이유를 알겠다. 오연이는 쓸쓸하게 터지는 웃음을 억지로 삼켰다. 지난주까지만 하여도 선생님들은 외고의 장점을 조목조목 동그라미치면서 노골적으로 권유하더니 불과 며칠 만에 한 아이의 장래를 위한다는 생각들이 이렇게 바뀔 수 있는지. 최근 2년간 외고 합격자가 나오지 않아서 교장선생님은 바락바락 악을 쓰듯이 조바심을 내고 있다는 사실도 아는데. 알 수가 없다. 옆에 있던 R고 교장선생님이 장학금 부분을 강조하면서 끼어들었다. 소 이야기도 끄집어냈다. 부모님이 소를 많이 키우시는 걸로 아는데 미국산 쇠고기가 쏟아져 들어오면 앞으로 어렵지 않겠냐고. 그러니 R고에 와서 장학금도 받고 명문대도 가면 꿩 먹고 알 먹고 아니냐고.

입에 맞지 않는 허브차를 억지로 마시면 뒤끝이 영 찝찝하다. 교장실을 나온 오연이는 꼭 그런 기분이었다. 오연이는 화장실에 가서 수돗물로 입을 헹구어낸 다음 휴대전화를 끄집어냈다. 역시 도착한 메시지는 없다. 아무래도 예감이 좋지 않다. 아침에 식구들이 밥을 먹을 때도 분위기가 무거웠다. 어머니는 좀 더 상황을 봐가면서 팔아도 되지 않냐고 하였고, 아버지는 오늘따라 수저질을 서툴게 하면서 팔지 않으면 빚을 진다고 힘겨운 눈빛을 지었다. 아버지의 입가에서는 당신의 살이 되고 숨소리가 될 밥알이 자꾸만 흘러나왔다. 오연이는 그런 아버지를 보지 않으려고 애를 썼다. 사촌동생인 보연이도 젓가락 소리 한번 내지 않았다.

화단에 있는 모과나무에서 작은 새들이 새살거리면서 놀고 있었다.

오연이는 새들을 부러운 눈길로 보다가 휴대폰을 열어서 다시금 어머니한테 문자를 보냈다. 우시장에 간 아버지가 걱정된다는 말도 덧붙였다. 오늘따라 아버지라는 말을 곱씹을 때마다 이상하게도 가슴이 떨렸다. 아버지라는 글자가 오늘만큼 커 보이고, 오늘만큼 무겁게 느껴지고, 오늘만큼 아리게 가슴을 찌른 적도 없었다.

　3교시 영어시간에도 오연이는 집중이 되지 않았다. 결국 오연이는 영어선생님에게 두 번이나 지적을 당했다. 영어선생님은 중간고사를 들먹이면서 내일 면담을 좀 하자고 화난 눈초리를 휘둘렀다. 그렇게 엉겅퀴가시만큼 따가운 지청구를 들었어도 정신이 모아지지 않고, 해바라기보다 더 웃음이 넘치던 부모님의 얼굴이 어두운 판화처럼 떠올랐다. 오연이는 자꾸만 고개를 흔들고 자꾸만 눈을 부비다가 자꾸만 선생님의 눈그물에 걸려들었다. 아랫배도 슬슬 아파왔다. 오연이는 영어시간이 끝나자 선생님보다 먼저 교실을 튀어나갔다. 화장실에 가서 변을 보고 나오자 승재가 기다리고 있었다. 오연이가 교장실에서 들었던 이야기를 풀어놓자, 승재는 한껏 교장선생님을 비웃으면서 절대 그들의 들러리가 되지 말라고 손가락을 뚝뚝 꺾었다. R고가 존폐의 위기에 몰리자 R고 교장선생님이 마지막 발악을 하는 거라고. 오연이는 호주머니에서 온몸을 짜릿하게 자극해오는 휴대폰 진동음을 느꼈다. 오연이는 승재한테 양해를 구하고 계단을 내려갔다.
　─오연아, 잘 지내니? 갑자기 네 생각 났어. 부모님도 잘 계시니? 미국소 수입 때문에 걱정이 많으시겠다. 우리 엄마 아빠도 이야기하시더라. 니네 집 타격이 크겠다고…….

오연이가 연분홍 봉숭아물을 손톱에다 들여주고 싶을 정도로 속 앓이했던 여자친구 수인이. 요즘 들어 마음이 심란해질 때마다 부쩍 떠오른 보고 싶은 얼굴. 수인이와의 달콤한 기억을 지우려고 하면 할수록 그녀의 영상은 여리고 섬세한 오연이의 마음속으로 스며들었다. 그 얼굴, 그 목소리, 그 웃음소리, 꽉 잡아준 그 손가락. 그런 친구인데도 맥이 빠졌다. 오연이는 수인이한테 답장을 쓰면서도 왜 이렇게 어머니한테서 연락이 오지 않는지, 이런 일은 한 번도 없었다고 고시랑거렸다.

오연이는 간단하게 잘 있냐고 답장을 보냈다. 조금도 속내를 드러내고 싶지 않았다. 수인이는 초등학교를 졸업하자마자 서울 사람이 되었다. 수인이는 눈매가 서글서글하고 또래에 비해서 깊은 정이 있었다. 성격도 시원시원하고 적극적이었다. 러브장도 수인이가 먼저 보냈다. 수인이는 그렇게 오연이 마음속 깊숙한 곳으로 나풀나풀 들어왔다. 그러나 서울로 간 뒤로는 그냥 평범한 초등학교 친구로 전락해버렸다. 오연이가 좀 더 가까워지려고 하면 수인이는 냉정하게 순집어내면서 초등학교 친구로 남자고 빨간 줄을 그었다. 오연이는 그런 수인이가 불편해지기 시작했다. 그러니 속엣말을 한다는 건 애초부터 불가능했으리라.

―하여간 골 때린다. 2MB는 역사에 남을 대통령이야. 우리나라가 조공하면서 살았던 시대에도 이런 조약은 없었대.

오연이는 문자 메시지를 그만 좀 보내왔으면 좋겠다고 고개를 흔들었다. 하지만 어느새 수인이의 메시지가 와 있었다. 오연이는 별로 할 말이 없었다.

— 어쨌든 우리나라 국민들이 뽑았잖아.

오연이는 뭐라고 대거리할까 고민하다가 마음에도 없는 말을 내뱉었다. 수인이 메시지는 점점 빠르게 날아왔다.

— 그러니까 국민을 섬겨야지. 국민이 원하지 않는 일을 왜 하냐구? 야, 니네는 5월 17일에 수업거부하지 않냐? 니네야말로 직접 당사자들이니까 전교생이 수업거부해야 하는 거 아냐? 촛불시위도 더 적극적으로 해야 하는 거 아냐?

오연이는 더욱 할 말이 없었다. 촛불시위니 수업거부니 하는 것도 다 먼 나라 이야기다. 이곳 분위기는 그야말로 침통함, 그 자체다. 그뿐이다. 눈에 보이지 않는 엄청난 안개가 농촌을 뒤덮고 있다. 뭔가 반항이라도 하면 싹 쓸어버리겠다는 무시무시한 서슬이 도사린 안개. 들에서 돌아오는 농민들의 뒷모습에서는, 얻은 것보다는 잃어버린 것이 많은 사람들에게서 보이는 쓸쓸함이 흘러내리고 있다. 한숨가락에 맞춰 힘겹게 담배타령을 하는 그들은 반항조차 하지 못하고 스스로 목숨줄을 놓아버리는 극단의 선택을 강요당하고 있었다. 그뿐이다. 농민의 자식들도 대도시 학생들이 주도하는 촛불시위니 뭐니 하는 인터넷 동영상을 부럽게 바라다볼 뿐. 왜, 멍청하게 가만히 있냐고 물으면 딱히 할 말이 없다. 촛불시위조차도 사치로 보인다면 뭐라고 할까. 오연이는 답답함을 느끼면서 손을 놀렸다.

―그 말이 맞아. 우리도 여러 가지 생각중이야.

―서울은 난리야. 대통령이 중고딩들하고 싸운다는 말이 있어. 그만큼 우리를 두려워한다는 거지. 날마다 선생들이 겁주고, 엄포 놓고……. 그래도 다 촛불시위에 나가. 17일에는 서울시 선생들이 총동원된대. 역사적으로 이런 일은 없었대. 나는 경찰청 홈피에 들어가서 항의도 했어. 미친놈들, 지네들은 미국소 안 먹을 거 아냐? 그렇게도 질 좋고 싼 고기라면 지네들부터 먹어야지…….

수인이가 보낸 글자가 툭툭 살아나서 오연이 귓속으로 돌진해왔다. 그러다가 어느 순간부터는 이미 웃음을 잃어버린 아버지의 얼굴이 희미한 동영상으로 떠올랐다. 아버지는 술까지 마셨다. 몇 년 전에 큰돈을 빌려간 작은아버지가 어디론가 사라져버렸을 때도 아버지의 얼굴에서는 웃음이 떠나지 않았다. 지금은 그런 웃음을 한 점도 구경할 수 없었다.

오연이는 교실로 돌아가면서 새삼 소를 생각했다. 아버지한테 소는 단순히 돈벌이용 동물이 아니다. 소가 있음으로 해서 아버지는 삶의 가치를 내세울 수 있었고, 소가 있음으로 해서 장애도 묻혀버렸으며, 소가 있음으로 해서 마을을 지키고 있는 당산나무 못지않게 당당할 수 있었다. 아버지는 늦게 흙맛을 알았다. 할아버지는 장애인인 아들한테 낫 한 번 가까이 가도록 묵인하질 않았다. 아들의 입에서 말귀가 트일 즈음부터 있는 돈 없는 돈 퍼다가 책을 사주면서 공부만이 살길이라고, 다른 생각이 침투하지 못하도록 귀에다 못질을 쾅쾅쾅 해버렸다. 아버지도 할아버지의 뜻을 헤아려 학교에서 받아온 상장으로 방을 도배하였다. 할아버지는 법관을 갈망하였다. 하지만 아버지는 대학 4학년 때 할아버지가 돌아가시자마자 법관의 꿈을 버렸고, 대신 장애인들의 권익을 대변하는 시민단체 쪽으로 마음을 돌렸다. 아버지는 그곳에서 어머니를 만났고 서른한 살 때 무작정 고향으로 내려왔다. 아무도 아버지를 반기지 않았다. 어떤 사람들은 병신이 육갑한다고 비아냥거렸다. 아버지는 부모님이 물려준 땅으로 소를 샀다. 아버지는 그렇게 소와 함께 흙에다 발을 묻기 시작하였고, 이제는 소하고 동족이라는 농담을 들을 정도로 한우전문가가 되어 있다. 가끔씩 아버지는 이머니를 번쩍 안아서 암소의 등에다 태워주기도 하였다. 어머니도 믿기지 않을 정도로 안정감 있게 타고는 소털에다 볼을 부비면서 좋아하였다. 그런 부모님이 더 이상 소를 키울 수 없게 될지도 모른다는 절망감이 부글거렸다. 오연이는 이 모든 것들이 꿈이기를 바랐다.

　오연이는 점심밥을 먹으면서도 아무런 맛을 느끼지 못했다. 결국 오연이는 밥을 다 비우지 못했다. 여전히 어머니의 답장은 없다. 아버지한테도 문자 메시지를 보냈다. 역시 아버지도 답장이 없다. 오연이는 도서관으로 가면서 먼 친척뻘 되는 이장 아제의 휴대폰 번호를 기억해내려고 애를 썼다. 010-3302까지는 숫자를 찾아냈으나 그다음은 도무지 떠오르지 않는다. 워낙 어머니하고 소통이 잘 되기 때문에 이장 아제의 전화번호를 저장해두지도 않았다.

오연이는 열람실을 나오다가 인봉이하고 마주쳤다. 운동에 대한 소질만 있다면, 아니 부모님이 아들의 뒷바라지를 해줄 만한 여력만 된다면, 농구나 배구 같은 운동선수로 북돋아주었으면 좋겠다는 생각이 들 정도로 키가 크고 가슴이 딱 벌어진 인봉이는 그렇지 않아도 오연이를 찾았다고 했다. 둘은 도서관 창가로 가서 앉았다. 1학년인 인봉이가 오연이 선배로 보인다. 얼굴은 감실감실 눈매는 부리부리 코는 벌름벌름. 오연이네 아랫마을에 사는 인봉이네도 소를 많이 키운다. 인봉이는 농촌에다 2층짜리 통나무집을 짓고 멋지게 사는 농부의 꿈을 키우고 있다. 인봉이는 책만 펼치면 눈멀미를 한다면서, 소를 키워서 멋있게 살겠다고 아예 드러내놓고 떠벌렸다. 그의 아버지도 허허허 웃으면서

"지금이야 농촌에서 살면 장가가기도 힘들지만 너희들 시대에는 달라질 것이다."

하고 어린 아들의 등을 토닥여주었다.

그런 인봉이가 오늘따라 크게 한숨을 내뱉었다.

"형네도 오늘 소 팔았다면서?"

"어떻게 아냐?"

"아빠하고 통화했어. 우리도 오늘 네 마리 팔았어."

"그럼, 우리 아빠도 봤겠네?"

오연이는 자기도 모르게 눈을 크게 떴다. 인봉이는 그런 오연이하고 한 번 눈빛을 마주친 다음 힘없이 고개를 돌렸다.

"응, 우리 아빠가 그러는데 저번 장보다 백만 원 이상 떨어졌대. 형네 아버지는 오전에 일찍 팔고 가셨다는데. 우시장에 오시자마자 바로 파셨대."

"그래에……."

오연이는 백만 원이라는 말에 가슴이 철렁 내려앉았다. 예상보다 하락폭이 컸다. 그 정도라면 아버지도 크게 실망할 것이고……. 오연이는 자꾸만 덧나는 불길한 생각을 떨치려고 고개를 흔들면서 눈을 감았다. 일찍 소를 팔고 집에 가셨다면 왜 전화를 받지 않는 것일까.

"형은 공부라도 잘하니까. 나는 요새 잠도 안 와. 미국소 들어오면 다 꽝이잖아? 우리 아빠가 그러는데 축산농가도 돈 있는 사람 일이 프로만 살아남고 나머지는 다 죽는대. 게다가 우리는 빚도 많아서……. 형네는 빚이 없어서 괜찮을 거라고 하던데……."

그 말을 들은 오연이는 억지로 웃음을 지어내면서 인봉이 어깨를 툭 쳤다.

"안 그래. 우리도 심각해. 우리 부모님은 소 없이는 못 살아. 너도 알잖아. 몸도 그렇고……. 나도 요새 잠 안 와. 공부도 안 돼. 저번에는 아빠 차가…… 수리비가 백만 원도 넘게 나왔다고 하더라. 그저께는 한숨도 못 잤어. 며칠 전에도 축산농민이 자살했잖아? 그 사람은 우리 아빠가 잘 아는 사람이야. 그날 밤 아빠가 뒤란에서 혼자 술 드시는데 마음이 너무 불안했어."

"엉, 나만 그러는 게 아니구나. 형, 나도 요새 너무 불안해."

"다 그래. 부모님이 소 키우는 친구들은 다……."

오연이는 거기까지 말하고 억지로 침을 꼴깍 삼켰다.


도서관을 나온 오연이는 송홧가루가 날아다니는 운동장을 천천히 걸었다. 자꾸만 불길한 생각이 덧나서 잠시라도 가만히 있을 수 없었다. 열흘 전에는 오연이도 잘 아는 소 중개업자인 박씨가 찾아와서 팔려고 내놓은 송아지 세 마리를 이리저리 짚어보았다. 박씨는 평소보다 난처한 표정을 지었다. 아버지가 얼마나 받을 수 있냐고 물었다. 박씨는 아버지의 눈을 피하더니 힘겹게 입을 열었다. 박씨의 입에서 구체적인 돈 액수가 나오는 순간, 아버지는 약간 뒤틀어진 왼손으로 머리카락을 쓸어올리며 몸을 떨었다. 아버지는 당황하거나 흥분하면 온몸을 가만두지 못한다. 눈썹도 심하게 껌벅이고, 다리를 떨고, 말도 떨리고……. 아버지는 고개를 흔들어버렸다. 박씨는 찬물만 한 사발 벌컥벌컥 마시고 마당을 벗어났다. 그날 아버지는 차를 몰고 읍내에 나가서 고주망태가 되었고, 집에 오다가 도로 아래쪽에 있는 논에다 차를 처박았다. 이 미터 아래로 추락했으나 다친 데는 없었다. 사람들은 어린 새끼랑 벙어리 마누라를 두고 저승으로 도망치려고 한 아버지를 옥황상제가 호되게 꾸짖어서 돌려보낸 모양이라고 입방아를 찧었다. 그때부터 오연이는 아버지의 뒷모습을 훔쳐보는 버릇이 생겼다.

오연이는 휴대폰을 끄집어내서 단축키 3번을 눌렀다. 화면에 '우리집'이라는 글자가 뜬다. 신호음이 연달아 간다. 아무도 전화를 받지 않는다. 논바닥에 처박힌 아버지의 차가 떠오른다. 오연이는 수돗가로 가서 찬물로 얼굴을 박박 씻어댔다.

다시 단축키 1번을 눌렀다. 역시 받지 않는다. 단축키 2번을 연달아 눌렀다. 아버지도 받지 않는다. 정말 이런 적은 한 번도 없었다. 비상사태다. 당장 집으로 달려가고 싶었다. 아버지야 휴대전화를 별로 좋아하지 않아서 집에다 놓고 다니기도 한다지만 어머니는 그런 일이 거의 없었다. 어머니는 휴대폰을 오연이보다 더 잘 다룬다. 한때 오연이는 휴대폰이 어머니를 위해서 생겨났다는 생각을 했을 정도다. 민들레들이 홀씨풍선을 들고 아장아장 마당으로 걸음마하던 작년 오월 초. 어머니의 마흔 번째 생일날 아침. 어머니의 휴대폰으로 축하한다는 문자 메시지가 이십여 통 쏟아졌다. 가족들, 친척들, 친구들. 어머니는 비를 한껏 머금은 채 꽃봉오리를 여는 표정으로 그 많은 사람들에게 대거리하고는, '나에게 문자 메시지는 빛이다. 나에게 문자 메시지는 햇볕이다. 나에게 문자 메시지는 공기며 물이다. 나는 바람처럼 말하고 햇볕처럼 보고 공기처럼 물처럼 소리를 마시고 듣는다. 행복하다'고 수화로 식구들에게 재잘거렸다. 청주 병원에 계시는 외할머니도 배냇벙어리인 딸하고 교감하기 위해 일부러 문자 메시지를 배웠다면서 무시로 메시지를 보내왔다. 찬바람이 뒷걸음질치던 지난 2월 말, 보고 싶다는 외할머니의 문자 메시지를 받은 어머니는 식구들을 데리고 문병을 갔다. 외가식구들이 다 모여 있었다. 외할머니는 그들 앞에서 까만 휴대폰을 끄집어낸 다음 이것 때문에 살맛난다고, 이것 때문에 큰 시름 놓았다고 했다. 당신의 뱃속에서 언어를 잃어버리고 세상으로 나온 딸 때문에, 배냇병신이라는 원망을 당신 가슴에다 문신처럼 새기고서 살아갈 수밖에 없었던 세월. 다른 새끼들보다 더 애지중지하여 키워낸 딸이 배냇벙어리라는 원죄 때문에, 대한민국에서 여자라고 생긴 것들이라면 거들떠보지도 않는 농촌 총각에게 시집을 가겠다고 했을 때. 더구나 상대가 뇌성마비 장애인이라는 사실을 알았을 때는 당신 손으로 딸과 함께 목숨을 끊고 싶었다. 그런 딸이 생각보다 잘살아주었고, 어느 한 귀퉁이 부족함이 없는 자식도 쑥 뽑아내주었고, 휴대폰이라는 문명의 열매가 딸의 아픔을 대신해주는 것 같아 이제는 편안히 눈을 감을 수 있다는 안도감이 눈빛에서 찰랑거렸다. 외할머니는 어머니의 문자 메시지를 보면 딸의 목소리가 눈에 보인다고 웃었다. 햇볕을 즐겁게 마중하면서 단숨을 내뱉는 풀잎 같은 색, 만져질 듯한 꿈틀거림, 바람 같은 속삭임이 있다면서. 오연이도 외할머니처럼 어머니가 보낸 메시지를 보면 어머니의 목소리가 들렸다. 어머니는 순간순간 몸으로 들어오는 온갖 느낌들을 글로 살려낸다. 한번은 오연이가 학창시절에 작가지망생이 아니었냐고 물었다. 어머니는 대답을 수줍어하는 눈빛으로 대신했다. 어머니한테 휴대폰은 습작노트만큼이나 일기장만큼이나 중요했다. 휴대폰은 어머니에게 혁명과도 같은 변화를 주었다. 보통 오연이가 메시지를 보내면 몇십 초 안에 답이 오는데 오늘 종일토록 답이 없다. 이건 보통 일이 아니다. 단단하게 채워놓았던 마음속 빗장이 풀리고 자꾸만 뭔가 빠져나가는 기분이다.

오연이는 심각하게 구겨진 얼굴살을 손바닥으로 다림질하면서 교실로 들어섰다. 칠판 앞에서 아이들이 웅성거렸다. 오연이는 다시 나갈까 하다가 그냥 책상 위에 걸터앉았다. 혼자 있어봤자 자꾸만 헛생각만 덧나고, 십 분만 뭉개면 5교시가 시작되기 때문이다. 칠면조 성대모사를 잘하는 달식이가 칠판으로 나갔다. 칠판에는 오이체하고 비슷한 글씨체로 '오늘 햄 먹은 사람 다 광우병 걸려 뒤졌다'라고 적혀 있다. 달식이는 그 뒤에다 화살표를 긋고 '이 말 쓴 사람은 광돈병 걸려 뒤진다'라고 댓글을 붙였다. 그러면서 '광돈병'이라는 단어 밑에다 밑줄을 두 번이나 그었다. 여기저기서 야유와 짧은 박수가 터졌다. 자칭 춤짱이라고 떠벌리는 은혜가 나섰다.

'→ 오늘 햄 먹은 사람 다 광우병 걸려 뒤졌다 → 이 말 쓴 사람은 광돈병 걸려 뒤진다 → 이 말 쓴 사람 광인병 걸려 뒤진다.'

오연이는 그만 피식 웃고야 말았다. 요즘 들어 아이들은 광우병에 대한 댓글놀이를 다양하게 즐기고 있었다. 어제는 광우병 하면 연상되는 낱말 대기 시합이 여기저기서 벌어졌고, 그제는 광우병 괴담 이어가기 시합도 벌어졌다. 오늘은 핵심이 뭔지, 누가 먼저 이런 놀이를 시작했는지 모르겠다. 아이들은 어느 때보다도 재밌다는 표정으로 환호를 질렀다.

달식이가 다시 나갔다.

'→ 이 말 쓴 사람 광인병 걸려 뒈진다 → 근거 없이 말한 사람 온몸에 소털 나서 뒈진다.'

은혜가 나서려고 할 때, 여학생들 중에서 가장 피구를 잘 해서 '피구에이스'라는 별명이 붙은 서연이가 나갔다.

'→ 근거 없이 말한 사람 온몸에 소털 나서 뒈진다 → 돼지한테 죽은 소 갈아서 주면 돼지가 음매에 하면서 뒈진다 →  그 돼지 먹으면 사람 몸에 돼지털 나서 뒈진다.'

그야말로 웃음바다가 되고야 말았고, 또 누군가 나가려고 할 때 5교시를 알리는 음악소리가 울려퍼졌다.


오연이는 국어선생님에게 집중하려고 눈알맹이에다 힘을 주고, 저번 중간고사 때 틀린 시험문제를 다시금 곱씹었다. 저번 중간고사 때 나온 시를 읊조려보기도 하고, 선생님이 한 말을 공책에다 적어보기도 하였다. 그래도 불길한 생각이 사그라지지 않았다. 아니

집중하려고 자신을 다그치면 다그칠수록 더욱 강력해진 불길한 생각들이 세포분열을 하면서 온몸을 옭아묶었다. 얼굴이 달아오른다. 배가 아프다. 오연이는 아랫배를 문지르다가 사촌동생 보연이를 생각했다. 시간을 보니까 얼추 보연이가 학교에서 올 시간이다. 오연이는 슬그머니 단축키 3번을 누르다가 휴대폰을 책상 속으로 밀어넣었다. 국어선생님이 자꾸만 이쪽으로 눈길을 보내고 있었다. 올해 여덟 살인 보연이는 작은아버지 아들이다. 삼 년 전부터 한 식구로 살았다. 유난히도 소쩍새의 울림이 크게 파장되던 초여름 밤이었다. 한참 동안 개가 그악스러운 목소리를 질러대자 아버지가 생기침을 하면서 밖으로 나갔고, 곧이어 흐느낌에 가까운 아버지의 목소리가 흘러들었다. "이놈의 새끼! 이놈의 새끼!" 노란 유치원 가방을 어깨에 멘 채 고개를 푹 떨구고 있는 보연이의 등 뒤에는, 그 아이가 짊어지기에는 너무나도 버거워 보이는 만삭의 달이 얹혀 있었다. 아버지는 보연이를 끌어안고 그 어린것에게 하는 말인지, 그 어린 핏덩이를 놓고 달아나버린 작은아버지에게 하는 타령인지 "이놈의 새끼!"라는 탄식만 끝없이 토해냈다. 보연이는 눈물이 가득 찬 눈알을 굴리면서도 끝내 울음 한 줄 풀어놓지 않았고, 아빠가 큰엄마 큰아빠 말씀 잘 듣고 있으라고 했다고, 내년에 와서 데려가겠다고 했다고 또박또박 말했다. 오연이는 작은아빠네 사정을 잘 모른다. 다만 한때 서울에서 제법 잘살았으나 무슨 이유인지 모르지만 집안이 폭삭 망했다는 사실, 보연이가 네 살 때 이혼했다는 사실, 아버지의 도움으로 식당을 하다가 역시 망했다는 사실, 오연이는 그 정도만 알고 있었다. 그 뒤로 뻐꾸기가 몇 번이나 봄을 몰고 왔으나 작은아버지 소식은 없었다.

오연이는 5교시가 끝나자마자 단축키 3번을 눌렀다. 신호음은 급하게 가고 있지만 아무도 전화를 받지 않는다. '보연이는 어디서 뭐하는 거야? 또 어디 앉아서 지나가는 차만 바라보고 있는 거 아냐? 무쏘만 찾고 있겠지. 하여간…….' 오연이는 괜히 짜증이 났다. 눈앞에 있었더라면 한 대 쥐어박았을지도 모른다. 교실에 와서도 가만히 앉아 있을 수가 없었다. 승재가 와서 얼굴색이 안 좋다고 작은 눈을 크게 떴다. 오연이는 아버지가 우시장에 갔다면서 저번에 아버지가 큰 사고를 내서 걱정이 되는데, 아무도 연락이 되지 않아 불안하다고 말꼬리를 흐렸다. 오연이네 사정을 잘 아는 승재도 불안한 표정을 지었다.

"벌써 소를 팔았나봐. 우리 아랫마을에 사는 인봉이 알지? 인봉이가 자기 아빠랑 통화했다면서 알려줬어. 근데 아빠도 전화를 안 받고, 엄마도…… 집에도……."

"야, 별일이야 있겠냐? 너무 신경 쓰지 마라."

오연이는 그런 승재한테 고맙다는 말을 남기고 다시 밖으로 나갔다. 아랫배가 다시 쓰리다.

어머니, 아버지, 어머니, 아버지 소, 소, 어이소, 광우병, 미국소, 2MB, 부시, 부시족, 2MB…… 작은아버지, 보연이, 보연이……. 갑자기 보연이가 "형아!" 하고 어디선가 뛰어나올 것만 같았다. 오연이는 저도 모르게 주위를 두리번거리다가 급습해오는 선생님의 눈길을 받고는 움칠 몸을 바로잡았다. 그래도 보연이 얼굴이 지워지지 않았다. 어른 같은 아이. 제 몸속에다 묵은 어른 하나를 키우고 있는 아이. 언제, 어느 때 부려먹으려고 제 몸속에다 어른을 키우고 있는지 모르겠다. 보연이는 큰엄마 큰아빠한테도 늘 존댓말을 하였다. 오연이는 그런 보연이의 눈빛이, 그런 보연이의 되바라진 입술이 못마땅했다. 그가 철저하게 격식을 따지면서 자기 부모의 영역만큼은 절대로 침범할 수 없다고 배수의 진을 치고는, 큰아버지 큰엄마가 아무리 정을 주어도 사기가 그어놓은 선 이상은 절대로 넘지 않는 독한 놈. 그가 자꾸만 떠오르자 온몸이 차가워지면서 으스스 떨렸다.

오연이는 6교시를 시작한 지 십 분 만에 오만상을 찡그리며 일어났다. 선생님이 놀라면서 다가왔다. 오연이는 오른손으로 아랫배를 왼손으로는 머리를 문질렀다. 아이들은 이런 상황에서도 광우병 걸린 거 아니냐는 농담으로 지루함을 땜질했다. 몇몇은 웃음깍지를 터뜨리고, 몇몇은 시름에 찬 눈빛을 던졌다. 승재가 와서 부축해주었다. 오연이는 혼자서 보건실까지 갈 수 있었지만 승재를 뿌리치지 않았다.

　수혈받듯이 승재의 숨소리를 받던 오연이는 지금 자신을 부축하고 있는 친구가 형이었으면, 아니 어이소처럼 듬직한 소였으면 얼마나 좋을까 하고 눈을 감았다. 어이소가 떠올랐다. 아버지는 어이소를 처음 샀을 때의 설렘을 두고두고 읊조렸다. 오직 당신만을 믿고 외양간으로 들어온 철든 암소 한 마리와 어린 송아지 세 마리. 그들이 따라오는 소리만으로도 이 세상을 다 얻은 기분이었지, 아암. 그러다가 당신을 걱정스러운 눈길로 쳐다보는 암소를 보고는, 내가 저것들을 키울 수 있을까 하고 겁이 나서 밤새도록 잠을 이루지 못했다고 했다. 아버지는 소한테 진심으로 대했고 끊임없이 말을 걸었다. 새끼를 여섯 배나 자궁 속에서 풀어낸 암소는 그런 아버지의 순수함을 받아들였고 그 특유의 눈빛으로, 그 특유의 숨소리로, 그 특유의 걸음걸이로 아버지의 빈 여백을 채워주었다. 아버지는 그 암소를 "어이!" 하고 반공대하였다. 동네 사람들은 그것을 보고 그 암소를 "어이소!"라고 불렀다. 마음속으로 어이소 같은 그 누군가를 부르고 싶은, 절대자 같은 그 누군가에게 도움을 청하고 싶은 마음 때문이었을까. 오연이는 지금 옆에 있는 승재가 자신의 경쟁자가 아니라 지금까지 발견하지 못했던 듬직한 나무 같았다.

　선생님들 중에서 가장 노래를 잘 부른다고 소문이 나 있는 보건선생님이, 어디가 아프냐고 오연이의 얼굴 구석구석을 찔러보았다. 오연이가 더듬거리자 알았다고 고개를 끄덕이면서 너무 예민한 게 탈이라고 어깨를 툭툭 쳤다. 오연이는 보건선생님이 주는 약을 긴급 지원군으로 투입했다. 오연이 뱃속으로 투입된 지원군은 신속하게 배앓이를 진압하였으나 격렬하게 저항하는 머리앓이는 쉽게 진압하지 못했다. 오연이는 너무 머리가 아파서 누워 있을 수가 없었다. 마음이 넝마가 된 것처럼 어지러웠다. 보건선생님도 당황하면서 병원에 가는 게 낫다는 판정을 내렸다. 조퇴를 하고 교무실을 나올 때까지만 하여도, 가방을 들고 교실을 나올 때까지만 하여도, 이런 상태로 집까지 갈 자신이 없었다. 신기하게도 막상 학교를 나오자, 무시무시한 광우병 괴담들이 으르렁거리고 있는 학교를 탈출하자마자, 새끼곰이 어설프게 헤집어놓은 불개집처럼 바글바글 끓던 머리앓이도 말끔해졌다.

흙탕물로 얼룩진 버스 유리창으로 푸르디푸른 들이 눈이 시리게 차온다. 인심이 후한 봄햇살이 헤프게 쏟아졌다. 겨우내 웅크리고 있던 흙이란 흙들이 제 가슴을 풀어헤치며 파란 싹을 세상으로 내보고 있었다. 그렇게 풍요로워진 들 위로 왜가리 서너 마리가 묵상하고 있었다. 버스에서 내린 오연이는 자기도 모르는 신화를 몸에다 품고 있는 나이 든 당산나무 옆을 지나쳤다. 집 앞으로 흐르는 봇도랑 시멘트 다리에 누군가 축 늘어진 채 앉아 있었다. 보연이다.

올해 초등학교 문턱을 넘었으니, 아직은 단맛 풍기는 과자나 쫓아다니면서 저를 낳아준 어미의 따사로운 눈빛과 응석을 주고받으며 새물새물 애교 부릴 나이지만, 녀석의 눈빛은 이미 그런 경계를 벗어나 있었다. 여기에서 죽치고 있었으니 아무리 집으로 전화를 해도 소용없었겠지. 오연이는 한마디 따끔하게 쏘아대려다가 시무룩하게 고개를 떨군 보연이를 보자 그런 마음이 뒷걸음치고야 말았다.

"여기서 혼자 뭐 하냐? 심심하면 형 컴퓨터 하지."

보연이는 그맘때 아이들이라면 사족을 쓰지 못하는 컴퓨터한테도 마음을 주지 않는 별난 놈이다. 오직 강아지하고만 볼을 부비면서 종알종알 자기들끼리만 아는 목소리로 중얼거리다가도, 마을회관 앞으로 '무쏘' 같은 차만 오면 벌떡 일어나서 눈알이 빠져나가도록 바라다보는 게 망부석 같았다. 동네사람들은 그런 보연이를 보고 인당수에 빠져죽은 심청이를 기다리는 심봉사 같은 표정이니, 과거 보러 떠난 이몽룡을 기다리는 춘향이 같은 눈빛이니 빗대면서 혀를 차댔다.

오연이는 또 무쏘 봤니, 하고 터져나오는 말을 꼭 삼켰다. 보연이한테 무쏘는 아빠나 다름없는 존재다. 한밤중에 자신을 데리고 와서 "큰아빠 큰엄마 말씀 잘 듣고 있어라" 하고 달아나버린 차.

오연이가 보연이 손을 잡았다. 보연이 눈빛에는 하고 싶은 말이 넘쳐흘렀다. 형, 우리 아빠는 왜 안 와? 형, 우리 아빠는 언제 와? 나 몰래 큰아빠랑 전화한 적 있어? 사람들이 우리 아빠 죽었을지도 모른대. 형, 아니지? 사람들이 우리 아빠는 외국 가셨대. 사실이야? 사람들이 우리 아빠가 나 버렸대. 거짓말이지? 보연이는 그 숱한 말들을 묵묵히 가슴에다 삭였다.

　마당으로 들어서자마자 발발이와 똥개의 잡종인 '발똥이'가 뒤란에서 뛰어왔다. 발똥이는 오연이한테는 몇 번 꼬리를 치는 둥 마는 둥 하더니 곧장 보연이한테 가서 뛰어오르고 핥아대고 부벼대고 야단이었다. 보연이는 그런 발똥이의 응석을 능숙하게 받아주었다. 오연이는 일부러 크게 헛기침을 하면서 마당 왼쪽에 있는 감나무를 바라다보았다. 아무도 없다. 숱하게 바람과 겨루다가 옹이가 진 가지에다 하얀 비닐 하나를 차고 있을 뿐. 집 안에도, 뒤란에도, 화장실에도 없다. 숨이 막혔다. 답답했다. 도대체 무슨 일이 일어난 걸까. 어머니는 품일을 갈 때에도 항상 자신의 존재를 문자 메시지로 남겨놓았다. 이렇게 아무런 암시도 하지 않고 증발해버린 적이 없었다. 자꾸만 불길한 생각이 솟아올라 이제는 더 이상 가슴속에다 쌓아둘 곳도 없었다. 오연이는 뒤란에서 걸어나오다가 어기적어기적 걸어오는 아버지하고 마주쳤다. 아버지가 "어!" 하더니 눈길을 돌렸다. 언제든지 체념할 준비가 되어 있는 그 눈, 오연이는 그 눈빛이 싫다. 왜 이렇게 일찍 왔냐고 묻는 아버지를, 오연이는 아직 사냥에 익숙하지 못해서 늘 배고픈 어린 고양이 같은 눈빛으로 쏘아본다.

“엄마는요?”

“엄마는 병원에 가셨다. 외할머니가 위독하시단다. 이모가 와서…….”

아버지는 입을 심하게 일그러뜨리면서도 말은 또박또박 뱉어냈다. 아버지 손에는 까만 비닐봉지 두 개가 들려 있었다. 오연이는 아버지를 불안하게 노려보았다. 외할머니가 위독해서 이모가 어머니를 모시고 갔다는 말은 귓속으로 스며들지도 못했고, 자꾸만 까만 비닐봉지에 든 농약병만 눈에 들어왔으며, 며칠 전에 농약을 먹고 음독자살을 한 그 축산농민의 신문기사가 어지럽게 떠올랐다. 오연이는 어머니가 왜 휴대폰을 받지 않냐고 따지듯이 물었다. 아버지는 힘없이 대꾸했다.

“워낙 경황이 없었으니까……. 아빠도 밤에 가야 써.”

아버지는 비닐봉지에서 사이다를 꺼내 보연이한테 주었다. 보연이가 가장 좋아하는 음료수다. 보연이는 요즘 아이들이 좋아하는 온갖 음료수들은 거들떠보지도 않고 오직 사이다만 쪽쪽 빨아대는 놈이다. 아버지는 오연이한테도 사이다를 주더니 벌써부터 날씨가 무르녹는다고 시원하게 마시라고 손짓했다. 보연이는 사이다병 마개를 따면서 항상 저랬으면 얼마나 좋을까 싶을 정도로 해맑은 웃음을 짓더니만 돌연 “김빠졌어, 맛이 이상해” 하고 얼굴을 찌푸렸다. 순간 오연이는 뭔가 섬뜩한 느낌을 받았다. 아버지가 당황하는 것 같았다. 아버지는 어색하게 웃으면서 농약이 든 비닐봉지를 발로 누르고 또 다른 비닐봉지에 든 사이다를 끄집어내려고 허리를 굽혔다. "그것은 큰아빠가 먹다 남은 것이다. 다른 것 주마." 그 말도 오연이의 귀에는 들리지 않았다. 오연이는 자기도 모르게 "보연아, 그것 먹으면 안돼에!" 하고 소리쳤다. 아버지가 깜짝 놀라면서 뒤돌아보았다. 보연이도 입을 크게 벌리고 사이다병을 가슴으로 끌어당겼다. 오연이가 그 사이다병을 잡아챘다. 사이다병은 잠시 새가 되어 공중을 날아가다가, 이 세상의 그 어떤 절대자들은 물론 이 세상의 그 어떤 유일신들도 거역하지 못한 중력의 순리를 받아들이면서 추락했다. 그 짧은 순간 마당의 시간은 숨을 멈추고, 마당가에서 오순도순 살아가는 작은 풀들도, 아버지와 보연이도 한동안 숨을 쉬지 못했다. 오연이는 제 손에 들려 있던 사이다병도 떨어뜨리면서 몸을 부들부들 떨었다.

"아빠 이러시면 안 돼요, 아빠아!"

오연이가 아버지의 발 아래 있는 농약병이 든 비닐봉투를 잡으려고 하자, 왼 볼을 경직되게 일그러뜨리면서 멍하니 앉아 있던 아버지가

"너너너너너…… 왜, 왜, 왜, 이러냐?"

거의 숨넘어가는 소리로 더듬거렸다. 오연이가 다시 손을 뻗쳤다. 아버지는 강하게 아들을 밀었다. 그러면서 아버지는 아들이 왜 이런 행동을 하는지 감을 잡았다. 아들은 농약병을 예민하게 바라다보고 있었다. 혹시라도 아버지가 자살을, 사이다병에다 농약을

타서 식구들을 다 죽이고…… 그런 끔찍한 상상을 하고 있음을 알았다. 그러고 보니 지난 며칠간 아들의 표정이 유독 어두웠다. 아버지는 그런 아이들한테 미안했다. 돌이켜보니 아들의 머릿속에서 그런 끔찍한 생각이 독버섯처럼 자랄 만도 했다. 얼마 전에는 아들도 한두 번 얼굴을 보았음직한 축산농민 윤씨가 자살을 했다. 저녁밥을 먹다가 그 소식을 들은 아버지는 한순간에 가슴이 막혀버렸고 "허허, 윤씨가 자살했단다……" 하는 말만 허탈하게 몇 번이나 내뱉었다. 그때 아들은 긴장하면서 아버지의 눈만 쳐다보았다. 그 뒤로 아버지는 입에 대지도 않았던 술을 마시기 시작했다. 아내가 말리고 아들이 걱정해도 참을 수 없었다. 결국 자동차 사고까지 냈다. 아내도 밤마다 잠을 이루지 못했다. 아버지는 그런 자신에게 한없이 실망하였고, 다시는 나약한 모습을 보여주지 않겠다고 다짐했다. 하지만 눈뜨고 소만 보면 그런 마음이 풀어져버렸다. 아버지는 아들을 보면서 다시 한 번 마음을 다잡아야겠다고 입술을 깨물었다. 아버지는 애써 웃음을 지었다.

"이놈의 자식아 걱정 마라. 아빠 안 죽는다아…… 걱정 마라아."

그러면서 아들을 안아주고 싶었다. 울고 싶었다. 하지만 아들은 아버지를 믿지 않았다.

"그럼, 그 농약병 이리 주세요!"

"아빠 안 죽는대도…… 아빠 말을 들어야지……."

"그 농약병 주고 말하세요!"

"이놈의 자식이!"

아버지가 버럭 화를 냈다.

오연이는 아버지의 몸이 휘청거리는 틈을 타서 농약병이 든 비닐을 낚아채려고 하였다. 아버지는 풀밭에서 자기 독만 믿고 머리를 빳빳하게 들고 있는 독사를 내리치듯이 팔을 휘둘렀다.

"너 이놈의 자식, 아빠를 어떻게 생각하고……."

"엄마 어딨어요! 엄마, 어딨냐고요!"

"저저저저, 저, 놈의 자식이 미쳤나아……. 엄마는 병원에 갔다고 했잖아!"

아버지의 몸이 부르르 떨렸다. 아버지는 더 이상 아들의 눈빛을 받아줄 수 없었다. 아들의 생각이 하도 끔찍해서 아버지는 차마 서 있을 수가 없었다. 아버지는 팔을 뻗어 오연이 어깨를 잡았다. 그 힘이 얼마나 강력하던지 오연이는 끌려오면서 아버지하고 부딪혔다. 두 사람은 거의 동시에 뒤로 발라당 넘어졌다. 씩씩거리면서 일어난 오연이는 잽싸게 아버지 앞에 떨어져 있는 농약병이 든 비닐봉지를 집어들었다. 아버지는 뭐라고 알 수 없는 소리를 내지르면서

"이놈의 자식이……. 그건 남새밭에다 뿌릴 제초제다. 어서 내려놰!"

마루 밑에서 뒹구는 신발을 잡히는 대로 내던졌다.

"어서 내려놓지 못할까! 아빠가 너 하나 못 이길 줄 알고……. 잡히기만 해봐라. 이놈의 자식이……."

아버지는 다시 벌떡 일어났다. 오연이는 엄마가 어딨냐고 다시금 소리를 지르면서 마당으로 내달렸다. 아버지가 비틀비틀 쫓아갔다. 오연이는 축사로 달아났다.

어이소가 큰 눈을 굴리며 오연이를 쳐다보았다. 아버지가 가장 애지중지하는 어이소가 "음매에!" 하고 마당에서 떠도는 숱한 메아리를 단숨에 제압해버렸다. 오연이는 지금 눈앞에 보이는 소가 인간에게 사육당하는 동물이 아니라 한 번도 본 적이 없는 할머니나 혹은 영적인 힘을 가진 절대자 같은 느낌이 들었다. 도움을 청하고 싶었다. 오연이는 간절한 눈빛으로 어이소를 보았다. "제발 우리 아버지를 지켜주세요. 우리 엄마는 괜찮은 거지요? 그런 거지요?" 어이소는 그런 오연이 마음을 알았는지 연거푸 소리를 질렀다. 아버지가 축사 문을 열었다. 작대기를 들고 있었다. "좋은 말로 할 때 제초제 이리 줘라. 그건 아이들이 손대는 것이 아니다……." 오연이는 손에 있는 제초제 병을 본 다음 두리번거렸다. 달아날 곳이 없었다. 아버지가 최후통첩을 하듯이 다시 말했다. 순간 어이소가 오연이 머리를 혀로 핥았다. 오연이는 몸을 돌리면서 어이소의 고삐를 풀었다. 어이소는 푸후후 숨을 내뱉었다. 아버지가 어이소한테 말했다. "어이, 내 자식놈이 좀 컸다고 저러네. 지 애비한테 반항하는구먼. 어이, 내 자식놈 좀 혼내주소. 당최 말을 안 듣네." 어이소는 큰 눈으로 아버지를 쏘아보더니 다시금 땅이 흔들릴 정도로 "음매에!" 하고 소리를 쳤다. "내가 아무리 말해도 안 믿으니…… 어이, 자네가 말을 잘 좀 해주게나." 아버지는 아들한테 너 잘 걸렸다는 눈빛을 보냈다. 이제 어이소가 아들을 혼내줄 것이라고 확신하는 눈치였다. 하지만 어이소는 거칠게 고개를 흔들고는 무섭게 달려나갔다. 다른 소들도 여기저기서 소리치고, 고삐를 끊으려고 몸부림쳤다.

"어이, 자, 자, 자네마저 나를 안 믿는구먼……."

평상시라면 아버지의 눈빛만 보아도 그 뜻을 알고는 순응하던 어이소가, 평상시라면 아버지의 한마디만 들어도 귀를 쫑긋 세우면서 뜨거운 혀로 손을 핥아주던 어이소가, 마치 아버지한테 따지듯이 모둠발로 뛰면서 마당을 돌았다. 어이소는 서너 바퀴 돌고 나더니 방향을 바꾸어 열린 대문 사이를 빠져나갔다. 오연이네 집으로 걸어오던 누군가 "어이소가 튀었다! 오연이네 소가 튀었다!" 하고 소리 질렀다. 똥발이가 맹렬하게 짖어대면서 달려나갔다. 아버지가 따라갔다. 오연이도 뛰었다. 보연이도 뭐라고 소리 질렀다. 푸르름으로 눈이 시린 들이 한눈에 잡혔다. 어이소는 단 한 번의 망설임도 없이 고봉으로 불룩하게 솟아오른 뒷산으로 돌진해갔다. 들에서 뛰어온 힘 좋은 마파람조차 잠시 쉬어갈 정도로 물매가 사나운 산자락을 어이소는 거침없이 뛰어올랐다. 그런 어이소하고 아버지의 간격이 놀랍게도 점점 좁혀졌다. 왼 다리가 안쪽으로 세시 방향으로 휘어져서 직립보행의 즐거움을 마음껏 맛보지 못하는 아버지, 초등학교 5학년 운동회날 함께 달리기할 때도 등수라는 격식을 애초부터 포기하고 느릿느릿 두꺼비걸음 했던 아버지라고 믿어지지 않았다. 인간이 아니었다. 뇌성마비 장애를 가진 인간이 아니었다. 오연이는 세차게 아버지를 부르면서 달려갔다. 오연이 입에서 뛰쳐나온 메아리는 "음매에! 음매에!" 하고 퍼져나갔다.

발표지면

성인식 『청소년문학』 2007년 여름호 발표 후 개작(원작: 눈물이 몸보다 무겁다)

문자 메시지 발신인 『시와 동화』 2008년 여름호(원제: 꽹과리처럼)

암탉 『청소년문학』 2008년 여름호(원제: 암탉처럼)

욕짱 할머니와 얼짱 손녀  ‘Kogas’ 2007년 2월호 발표 후 개작(원작: 거위소리)

먼 나라 이야기  ‘글틴’ 2008년 9월호

# 성장과 생명의 뜻을 사유하는 소설

유성호(문학평론가, 한양대교수)

## 1. 성장소설의 문법

이상권 단편집 『성인식』(자음과모음, 2010)에 실린 다섯 편의 작품은, 한결같이 청소년기의 주인공들이 겪는 다양한 갈등과정을 한 시대의 조감도(鳥瞰圖)로 잘 보여주는 뜻깊은 실례들이다. 우리는 이 소설들을, 청소년들의 구체적인 상황과 경험을 담은 '청소년소설' 혹은 '성장소설'로 불러도 무방할 것이다. 이상권 소설의 주인공들은 일종의 '자기 형성적 주체(self formative subject)'로 성장해가는 모습을 선명하게 보여주는데, 이때 그들의 모습은 기존 사회에 대한 적응과 저항, 수용과 창조의 길항관계 속에 존재하게 된다. 따라서 이상권의 소설은 일종의 '경계'에 선 문학이라고 할 수 있다. 말하자면 그 안에는 아직 사회적 성원으로 편입되기 이전인 청소년의 경계적 시선에 의해 발견된 새로운 정체감이 담겨 있기 때문이다. 여기서 '정체감'이란, 자신으로 귀속되는 궁극의 속성이자, 자신의 인격에 통합되는 자질의 총체를 뜻한다.

전통적으로 청소년의 이러한 정체감 형성은 교양소설이나 성장소설 혹은 이니시에이션(initiation) 소설이 담당해왔다. '교양소설'이란 주인공이 유년 시절부터 청년 시절에 이르는 사이에 자신을 발견하고 정신적으로 혹은 내면적으로 성장해가는 과정을 묘사한 소설을 뜻하며, '성장소설'은 주인공의 내면적 성장과정을 계기적이고 인과적으로 짜놓은 소설을 가리킨다. 그리고 '이니시에이션 소설'이란 성인이 되는 과정에서 겪는 일련의 시련을 통해 사회에 발을 들여놓는 과정을 담은 소설을 뜻한다. 이상권 소설은 이 세 가지 속성을 큰 구획 없이 통합하고 있다는 점에서, 포괄적으로 '성장소설'의 문법에 해당한다고 보아도 좋을 것이다. 따라서 우리는 이상권 소설에서 주인공이 치러내는 갈등이나 모험 그리고 그들이 사회에 던지는 질문을 통해 인생의 중요한 비의(秘義)를 알아가는 성장소설의 문법을 경험하게 된다. 이제 각 작품에 나타난 작가의 사유와 표현을 통해 이러한 문법을 경험해보기로 하자.

## 2. '눈물'로 통과하는 입사의 과정

표제작인 「성인식」은, 제목 그대로, 청소년기의 주인공이 겪는 입사(入社, initiation)의 과정이 상징적으로 잘 드러난 작품이다. 수록작 가운데 가장 호흡이 긴 이 작품은, 오랫동안 애착을 가져왔던 대상과 스스로 결별하는 상징적 제의(祭儀, ritual)를 통해, '성인식'을 완성하는 주인공의 내적갈등을 담고 있다. 주인공은 과학고등학교 학생 '이시우'다. 그는 갑자기 맹장수술을 받은 데다 어버이날도 가까워져서 혼자 사시는 어머니를 찾아 고향에 왔다. 그런데 이때 시우는 생각지도 못한 어머니와의 갈등을 겪게 된다.

그것은 어머니가 몸이 허해진 시우를 위해 집에서 기르던 개를 잡으시려 하는 데서 시작되는 갈등이다. 물론 어머니는 오래전부터 하나밖에 없는 아들에게 온 정성과 기대를 쏟아붓는 전형적인 '어머니'였기 때문에, 평소에도 시우는 그 어머니로부터 한껏 자유로워지려고 했다. 하지만 그는 그럴수록 크게 번져오는 '어머니'라는 존재를 강렬하게 경험하곤 하였다.

가족이나 다름없이 지냈던 개를 잡자는 어머니의 말씀에, 시우는 순간적으로, 지금까지 한 번도 놓아본 적이 없었던 내 정신의 고삐를 풀어버리고 싶다고 생각한다. 하지만 결국 그는 적극적 반항은 못 하는 자신을 두고 "성장이란 무엇인가 소중한 것을 잃어가는 과정이다"라고 되뇔 뿐이다.

이 과정에서 집안 큰어른인 상수 형님이 시우를 설득한다. 어머니가 직접 개를 잡겠다고 하시더라는 것, 어머니를 위해 시우가 직접 잡는 게 옳다는 것, 살아 있는 생명을 끊어보아야 진짜 생명이 무엇인지 그리고 얼마나 중요한지를 알게 된다는 것을 그는 시우에게 들려준다. 그는 "저 개를 죽인다고 아파하지 말고, 내 몸속으로 작은 목숨 하나 끌어들인다고 생각해라. 엄마 속상하게 하지 말고. 저 개 잡아서 네 목숨으로 만들고 가라. 그것이 사는 것이다"라고 말한다. 이 말에 대한 시우의 반응은 어떨까.

나는 감당할 수 없을 정도로 몸을 떨면서 울음을 짜냈다. 어머니가 알까봐 울음소리를 꾹꾹 누르면서 온몸 구석구석에 웅크리고 있었던 눈물의 고삐를 풀어버렸다. 평생 이렇게 많은 눈물을 세상으로 내보낸 적이 없었다. 초등학교 2학년 때 교통사고로 돌아가신 아버지의 입관을 보면서도 이렇게 눈물 이삭을 떨구지는 않았다. 상수 형님은 그런 나를 가만히 내버려두었다. 그저 곡식들을 어루만지는 두툼한 손으로 내 등을 토닥토닥 달래주었을 뿐이다. 얼마나 울었는지 모른다. 내 눈에서는 천천히 눈물이 잦아들었다. 나는 몸을 일으켰다. 약간 현기증이 났으나 몸은 가벼웠다. 나는 처음으로 눈물이 얼마나 무거운지, 때로는 몸보다 눈물이 무겁다는 사실을 알았다. (「성인식」, 47쪽)

시우가 누르는 '울음소리'와 풀어버리고 있는 '눈물의 고삐'는,

그 자체로 지난 시간들을 떠나보내는 '성인식'의 의미를 함축적으로 거느린다. 그 순간 시우의 눈에서는 눈물이 잦아들고, 그는 처음으로 '눈물'이 얼마나 무거운지를 깨닫게 된다. 그 '눈물'로 통과하는 입사의 과정이 이 소설의 중심서사라 할 것이다.

상수 형님은 죽은 개를 칼로 직접 가르라고 시우를 독려한다. 시우는 칼이 개의 몸으로 파고들수록 떨리는 손을 어찌하지 못한다. 땀이 눈물을 닮아 떨어지고, 그때 마을의 큰 어르신인 초동 할아버지가 "때로는 눈을 떠도 안 보이는 법이다. 눈이란 그런 것이다. 눈은 보이는 것만 보여. 살다보면 멀쩡한 것도 헛것으로 보이게 하지"라고 말한다. 시우는 이때 느끼는 손의 감촉이 어머니의 자궁에서 살았을 때부터, 어머니의 젖을 느낄 때부터의 원형적 기억이라고 상상한다. 시우는 '눈물'의 가볍지 않은 의미와 손의 남다른 기억을 통해 "무엇인가 소중한 것을 잃어가는 과정"인 성인식을 치러내고 있는 것이다.

그런데 우리가 생각해야 할 것은, 이 작품 안에 또 하나의 '성인식'이 숨겨져 있다는 것이다. 그것은 시우의 절친인 진만이 이야기이다. 시우와 진만이는 깊은 이야기까지 주고받을 정도로 가까운 친구 사이다. 그들은 거의 공통분모를 가지고 있지 않지만, 편안하게 서로의 눈빛을 받아들여온 시간을 공유하고 있다. 그런데 진만이와 그의 여자친구 새봄이가 임신 4개월 진단을 받게 된다. 진만이는 아이를 낳자고, 책임은 자신이 지겠다고 말한다. 새봄이 집에

찾아가 사정을 설명하다가 진만이는 새봄이 아빠에게 뺨을 얻어맞
고는 고막이 터져버릴 것 같은 통증과 몽롱함을 느낀다. 하지만 그
순간 그는 비로소 '편안함'을 느낀다. 그 '편안함'은 시우가 상징적
성인식을 치르고 나서 느끼는 '편안함'을 그대로 닮아 있다. '눈물'
과 '통증'으로 통과하는 성인식, 이제 그들은 "하여간 이제 편안하
다" "나도 편안하다"라고 주고받는다. 소설의 마지막 장면은 시우
가 성인식을 치르고 나서 동네 다리 밑에서 발견하는 낙서들로 퍼
져나간다.

군데군데 흙때와 이끼들이 시멘트의 살이 되어 있었고, 다리 밑에서
올라왔는지 아니면 옆으로 기어왔는지 알 수 없지만 몇 가닥의 깡마른
덩굴식물이 억척스럽게 벽을 수놓고 있었다. 그 덩굴식물 사이사이에
오래된 글자들이 꿈틀거렸다. 나는 눈을 찌푸리면서 그쪽으로 다가갔
다. 단순한 낙서가 아니라 이 마을에서 한 시절을 살다 간 온갖 사람들
의 노래였다. 건전지에서 뽑아낸 숯검댕이로 쓰거나 페인트를 이용했
거나 아예 시멘트를 쇠연장으로 파냈거나 쪽물 같은 염색재료를 이용
했거나……. 그렇게 자기들만의 방식으로 새겨놓은 신화들이 어두운
다리 밑에서 살고 있었다.(「성인식」, 63쪽)

"흙때와 이끼들"이 보여주는 오랜 시간들 사이로 "오래된 글자
들"이 비로소 꿈틀거리는 게 보인다. 그것들은 "단순한 낙서가 아

니라 이 마을에서 한 시절을 살다 간 온갖 사람들의 노래"였다. 숯
검댕이나 페인트나 쇠연장으로 써갔을 그 글자들은 자기들만의 방
식으로 새겨놓은 그들의 '신화(神話)'였던 것이다. 그 '신화'들이 이
렇게 어두운 다리 밑에서 살고 있었던 것이다. 순간 시우는 그 끝에
다 돌멩이를 긁어 "나는 나중에 개로 태어날 거다. 바람처럼 달려다
니는 들개로……"라고 적는다. 그렇게 시우도 한 시절을 살다 간
사람들의 '노래'와 '신화'에 자신의 이름을 얹게 된다. 진정한 '성
인식'의 완성 순간이다.

　다음 작품 「문자 메시지 발신인」은, 슬기라는 여학생이 겪는 이
른바 '왕따'에 관련한 이야기이다. 슬기와 어울려 다니던 여섯 아이
가 모두 슬기에게 차가운 눈빛을 보내고 심지어는 "넌 어쩔 수 없는
애구나!" "너 나쁘게 변했어"라는 말을 쏟아붓는다. 적지 않게 당황
한 슬기는 어느 틈에 '왕따'라는 말이 입 안에 맴도는 것을 느낀다.
이제 '왕따'라는 말은 괴물이 되어 슬기의 몸을 완전히 점령하고,
마침내는 그녀의 기억과 판단력까지 마비시킨다. 순간 슬기는 울면
서 거울을 보다가 하마터면 비명을 지를 뻔했다. 거울 속에는, 슬기
가 아니라 정미가 있었기 때문이다. 이 섬뜩한 환각은, 정미를 완전
히 잊고 살았던 자신에게 진중한 성찰의 기회를 부여하게 된다.

　얼마 전 정미는 슬기를 포함한 여섯 아이로부터 왕따를 당하고
전학을 한 슬기의 친구이다. 정미가 너무 잘난 체한다는 어떤 아이
의 불평을 그녀들이 집단적으로 수용한 것이다. 정미에게 죄짓는

기분이었지만, 그리고 자신이 너무 잔인하다고 생각했지만, 슬기는 그 집단으로부터 떨어져나오지 않기 위해 그 폭력에 가담하게 된다. 그러한 기억과 환각 속에서 슬기는 비로소 자신을 향한 불안감과 공포를 느낀다. 순간 자신에게도, 자신이 얼마 전 가담했던 그 폭력적 문자 메시지가 날아온다.

　—너랑 너무 불편해. 앞으로 우리한테 문자도 하지 말고, 전화도 하지 마. 학교에서도 아는 체하지 마.
　메시지 발신인으로 맑음새, 윤지, 푸른이, 다해, 우인이, 예지 이름이 적혀 있었다. 슬기도 이런 메시지를 무리의 이름으로 정미한테 보낼 때 참여한 적이 있다. 그들은 한자리에 모여서 정미에 대한 이야기를 한 다음 마치 최후통첩을 하듯이 글을 썼으며 모두 서명하였다. 그래야만 힘을 갖는다는 걸 알았고, 그래야만 무리의 결속력이 생긴다는 걸 알았고, 그래야만 한 인간으로서 생기는 약해지는 감정을 덜어낼 수 있음을 알았다.(「문자 메시지 발신인」, 83쪽)

슬기는, 정미가 어떤 마음으로 그 시간을 버티었을까, 정미가 삭였어야 할 시간의 아픔이 어떠했을까, 하는 생각을 비로소 하게 된다. 정미가 겪었을 시간은 자기가 겪은 불안보다 훨씬 더 큰 고통이었을 것이다. 그때 정미 집으로 전화를 하여 슬기는 정미 엄마에게 죄송한 마음과 후회를 전달한다. 정미 엄마가 가르쳐준 정미 휴대전화 번호를 여러 번 눌렀다가 얼른 수화기를 내려놓은 슬기는, 두려움이 큰 만큼 정미를 보고 싶은 마음도 부풀어올랐다.

소설의 말미는 정월 대보름을 하루 앞두고, 슬기가 할머니네 집에 가서 오랜만에 마을에서 하는 보름맞이 굿 구경을 하는 장면으로 이어진다. 사물놀이를 5년 배운 기억을 살려 슬기는 그 축제에 참여한다. 신명나는 보름맞이 굿은 아이들이 참여함으로써 절정에 달한다.

> 아이들은 서로가 한 번도 만난 적이 없었고, 한 번도 손발을 맞춰본 적이 없었다. 그래도 아이들은 어색하지 않았고, 불편해하지 않았다. 아이들은 서로의 눈빛으로 반가운 인사를 하였고, 지금까지 살아온 만큼 힘차게 판을 벌였다. 아이들에게 꽹과리와 장구와 북을 넘겨준 할아버지 할머니는 달빛만큼이나 흐뭇하게 웃고 있었다.(「문자 메시지 발신인」, 98쪽)

'왕따'와 전혀 상관없는, 그 반대편에 존재하는 어떤 질서가 그 안에는 있었다. 아이들은 서로 만난 적도 없고, 손발을 맞춰본 적도 없지만, 어색하지 않았고 불편해하지 않았다. 아이들은 서로 눈빛으로 인사를 하였고, 지금까지 살아온 만큼 힘차게 판을 벌였다. 그렇게 아이들에게 '꽹과리'와 '장구'와 '북'은 순간적으로 서로에게 다가가는 매재(媒材)가 된 것이다.

이 장면은 상징적 축제 속에서 슬기가 치러낸 또 하나의 '성인
식'을 잘 보여준다. 그녀는 공포와 죄책감과 눈물을 통과하여, 자신
이 가해자나 피해자가 동시에 될 수 있는 존재임을 자각하면서, 공
포와 자유로움이 교차하는 세상으로 들어가는 입사과정을 선명하
게 경험한다. 그래서 이 작품은, '왕따'라는 학교 현실을 리얼하게
보여주면서도, 그것을 상징적으로 치유해가는 주인공의 모습을 아
름답게 보여준 또 다른 '성인식'의 서사라 할 것이다.


### 3. 생태적 사유, 생명의 옹호


뒤에 실린 세 단편은 이상권 소설이 생태적 사유에 의해 발원하
여 생명을 궁극적으로 옹호한다는 것을 보여주는 뚜렷한 실례들이
다. 이 소설들에는 생태와 반(反)생태의 갈등구도가 곧바로 '선악'
의 구도로 치환되어 선명하게 나타난다.

「암탉」은, 전원생활을 하면서 오리와 닭을 키우는 예분이 가정
이야기이다. 어렵게 사귄 친구 수지가 거리를 두려 하자 불안과 두
려움에 빠진 예분이는 '외로움의 깊이'를 뼈저리게 느끼게 된다. 그
러던 어느 날 함께 전원생활을 하는 이들이 찾아와 오리와 닭을 키
우지 말라고 다그친다. 예분이 부모는 가축들을 계속 키우려고 이
사 갈 결심까지 한다. 하지만 동네 집에서 키우던 사냥개 한 마리가
끈이 풀어져 예분이네 오리와 닭들을 급습하는 사건이 벌어지면서

상황은 급전한다. 슬기는 제발 한 마리만이라도 무사하기를 바라는 마음으로 살육의 현장을 두리번거린다. 하지만 닭들은 거의 죽었고, 슬기는 비명을 간신히 참아냈는데, 그 순간 아주 작은 소리가 들렸다. 그 작은 소리는 예분이네 암탉 '구름이'의 소리였다. 몸의 균형이 무너진 채, 피투성이인 채, 구름이는 둥지로 향했다. 그때 하얀 눈에 구름이가 찍고 가는 붉은 꽃이 피어났다. 그 흔연한 생명의 움직임이 이 소설의 실질적 중심이다.

마침내 구름이는 둥지로 들어가더니 날개를 펴고 온 힘으로 알을 품었다. 나하고 마주치자 이제는 사냥개가 아니라 호랑이가 와도 물러서지 않겠다고 더욱 결연한 눈빛을 쏘아댔다. 순간 나는 닭을 오리하고 비교하면서 폄하했던 나 자신이 얼마나 어리석었는지를, 저 작은 생명체가 얼마나 대단한지를 깨달았다. 자기밖에 모르는 이기적인 것들이라고, 감성도 없고 멍청한, 정말 닭대가리라고 걸핏하면 조롱하고 비웃었다. 내 얼굴이 확 달아올랐다.(「암탉」, 125쪽)

날개를 펴 온 힘으로 알을 품는 구름이와, '사냥개'로 대표되는 반생태의 폭력성이 선과 악의 얼굴을 하고 강렬하게 대조된다. 구름이의 결연한 눈빛은, 예분이를 힘들게 했던 수지와의 거리감이, 생명옹호를 통해 순간적으로 좁혀지는 장면이 아닐 수 없다. 여기서 소설은 이기적 인간의 자기중심적 속성과 암탉의 희생적 집념을 나란히 보여주면서, '착한 서사'로 귀결된다. 그 안에 담겨 있는 작가의 생태적 사유와 생명의 옹호 정신은 매우 깊고 단단하다. 외로움의 깊이를 경험한 주인공이 생명의 아름다움을 통해 자신의 존재를 여러모로 생각게 하는 성장소설의 문법이 여기서도 잘 나타난다.

「욕짱 할머니와 얼짱 손녀」는, '조류독감'이라는 긴급상황을 매개로 하여, 생명에 대한 노인의 집념 어린 옹호의 모습을 담은 소설이다. 주인공 필분이는, 조류독감으로 하여 나타난 소독약 냄새와 방역복 차림을 한 사람들에 짜증이 난다. 필분이 할머니는 성스러운 이미지와 '욕짱'의 이미지를 아울러 지닌 노인이다. 한때는 새끼들을 길러내는 성스런 '우물'이었지만 이제는 쓸모없는 '고물'이 되어버린 젖가슴이 그녀의 존재론을 선명하게 보여준다. 그녀는 "고집스럽게 아래쪽을 말아올려 위쪽을 사려물고 있는 얇은 입술, 가늘게 째진 눈, 물매 싸게 오뚝한 코, 죽은 나무에 달라붙은 이름 모를 버섯 같은 검버섯들, 파마를 했으나 약발이 다해서 빗으로도 가지런하게 다스릴 수 없는 흰머리"로 묘사되는 영락없는 '마녀(魔女)'의 외관을 하고 있다. 하지만 바로 그 마녀가, 생명을 존중하고 사랑하는 성녀(聖女)로 바뀌는 과정이 이 소설의 실질적인 중심서사가 된다.

할머니는 집에서 키우는 '때까우(거위)'를 살처분하려는 관(官)의 폭력성에 대항하여 "늙었다고 나를 함부로 하지 말라는 경고의 뜻이 함축된 울림"을 보여준다. 순간 할머니의 눈빛은 오래된 '우물'마냥 깊어 보였다. '고물'이 되어버린 할머니가 어느새 '우물'의 생명력을 회복하는 장면이다. 그때 거위소리도 "그 울림이 어찌나 큰지 집이 흔들리고 주위에 선 나무들이 얼굴을 찌푸렸다"고 묘사된다. 군데군데 살점이 떨어져나가고, 그 흉터에서 흘러나온 녹물이 어지러운 채 늙어가는 대문의 쓸쓸함이 할머니의 물리적 조건을 은유한다면, 때까우를 지키려는 할머니의 동선(動線)은 그러한 물리적 조건을 뛰어넘어 생명을 옹호하는 할머니의 에너지를 잘 표현한다. 언니 예분이는 그러한 할머니를 두고 이렇게 말한다.

근데 너도 알다시피 할머니한테는 때까우가 사람이나 다름없어. 너도 알지? 할머니가 밭에 가서 밤이 되어도 오지 않으면 때까우들이 마당에서 계속 소리 지른다는 거. 할머니가 마실 가서 오지 않으면 먹이도 먹지 않고 부른다는 거. 내가 봐도 대단해. 개보다 더 영리해. 할머니는 많이 외로워하셔. 외아들이었던 아버지도 돌아가시고, 친척들은 다 서울에 살고……. 할머니를 위로해주는 것은 때까우밖에 없어. 이런 일도 있었대. 재작년 8월 할머니가 밭에서 일하고 오시다가 대문 앞에서 쓰러졌는데, 때까우들이 와서 날개를 펴 그늘을 만들어주고 마구 소리 질러댔대.(「욕짱 할머니와 얼짱 손녀」, 153쪽)

할머니한테 때까우는 사람이나 다름없다는 것, 할머니와 때까우들의 생태적 소통과정이 오래되었다는 것을 그녀는 기억해낸다. 할머니는 자신을 위로하고 보호해주는 것은 때까우밖에 없다고 생각한다는 것이다. 그러니까 할머니는 "하나님이 산목숨을 땅에다 묻으라고 그런 말씀 하실 양반이라고 보지는 않으요"라면서 자신의 몸속에 있는 "강철보다 강한 언어들"을 내보인다. 할머니의 별명 '욕쨍'은, 사실상 이러한 생명의 언어로 구성된 것이었다. "이건 국가에서 내리는 명령입니다!"라고 집에 들어온 사람들은 거위를 데리고 산으로 달아났을 할머니를 두고 혀를 차고, 소설은 그렇게 살붙이와도 같은 생명들을 붙들고 있는 할머니의 근원적 행동을 아름답게 담아내고 있다.

「먼 나라 이야기」에서도 이상권 소설의 생태적 상상력은 빛을 발한다. 물론 이 소설은 몇 년 전 우리나라를 떠들썩하게 했던 미국소 전면개방과 이른바 '광우병' 파동을 밑그림으로 삼으면서, 소를 키우는 농가에 드리운 암울한 상황을 그린 일종의 사회소설이다. 하지만 작가는 '광우병'보다는, '소'라는 가장 근원적인 우리의 표상에 대해 이야기하고자 한다.

중3인 오연이의 아버지는 뇌성마비 장애인으로서, 장애인을 돕는 시민단체 활동을 하다가 거기서 오연이 어머니를 만나 귀농하여 소를 키우고 산다. 선천적으로 말을 못하는 어머니, 그녀는 죽은 자벌레만 보아도 눈망울을 글썽거리고, 온몸으로 받아들이듯이, 온몸으로 삭여내듯이, 온몸으로 자신을 변화시키듯이, 그렇게 땅과 한 몸이 되어버린 분이다. 주인공 오연이는 어머니의 손을 잡으면 뭔가 찡하는 울림이 감지되었다. 어머니 몸속으로는 항상 종소리와 유사한 울림이 흐르고 있었기 때문이다.

앞 소설에서 '때까우'가 할머니에게 중요한 존재였듯이, 아버지한테 '소'는 단순히 돈벌이용 동물이 아니라 삶의 가치 그 자체였다. 그런데 미국산 쇠고기 전면개방이라는 뉴스 한방에 그 아버지의 삶이 위기에 빠진다. 오연이가 좋아했던 여자친구 수인이가 촛불시위나 수업거부라도 해야 하지 않느냐고 메시지를 전해올 때, 오연이는 그것들이 모두 "먼 나라 이야기"일 수밖에 없다고 생각한다. 정작 '지금 여기'는 침통함 그 자체일 뿐이기 때문이다. 눈에 보이지 않는 엄청난 안개가 뒤덮여 있는 곳이, 21세기 지금 한국 농촌이다. 소설의 결미 부분은 바로 그 생명 자체였던 '소'가, 울타리를 넘어 스스로 살아 움직이는 '생명'의 모습을 보이는 쪽으로 향한다.

평상시라면 아버지의 눈빛만 보아도 그 뜻을 알고는 순응하던 어이소가, 평상시라면 아버지의 한마디만 들어도 귀를 쫑긋 세우면서 뜨거운 혀로 손을 핥아주던 어이소가, 마치 아버지한테 따지듯이 모둠발로 뛰면서 마당을 돌았다. 어이소는 서너 바퀴 돌고 나더니 방향을 바꾸어 열린 대문 사이를 빠져나갔다. (……) 푸르름으로 눈이 시린 들이 한눈에 잡혔다. 어이소는 단 한 번의 망설임도 없이 고봉으로 불룩하게 솟아오른 뒷산으로 돌진해갔다. 들에서 뛰어온 힘 좋은 마파람조차 잠시 쉬어갈 정도로 물매가 사나운 산자락을 어이소는 거침없이 뛰어올랐다. 그런 어이소하고 아버지의 간격이 놀랍게도 점점 좁혀졌다. 왼 다리가 안쪽으로 세시 방향으로 휘어져서 직립보행의 즐거움을 마음껏 맛보지 못하는 아버지, 초등학교 5학년 운동회날 함께 달리기할 때도 등수라는 격식을 애초부터 포기하고 느릿느릿 두꺼비걸음했던 아버지라고 믿어지지 않았다. 인간이 아니었다. 뇌성마비 장애를 가진 인간이 아니었다.(「먼 나라 이야기」, 205~206쪽)

뇌성마비 장애인과 어이소의, 환(幻)의 착란을 연상시키는 이 비극적 탈주 장면은, 이상권 소설이 정격(正格)의 리얼리티와 파격(破格)의 에너지를 동시에 보여준다는 것을 시사한다. 그만큼 이 상징적 탈주는, 그 자체로 사회적 모순의 반영과 그에 대한 항의이지만, 작가는 그러한 현실의 올가미를 풀면서 상상적 횡단을 수행함으로써 보다 더 근원적인 지점을 향하고 있다. 생태적 사유와 생명옹호의 정신이 심층부에 녹아 있는 것이다.

세 작품에서 공통적으로 나타나는 '암탉'과 '때까우'와 '소'가 내지르는 울음소리는, 작가의 생태적 사유가 발견한 자연의 이른바 '침묵의 소리(sound of silence)'를 환기한다고 할 것이다. 그리고 우리는 예분이와 할머니와 아버지가 참고 참은 '울음소리'도 작품 전편에 번져가는 것을 느끼게 된다.

## 4. 이상권 서사의 미학

　원래 '성장소설'은, 주인공이 현실 속에서 갈등하며 자신의 정체
감을 찾아가는 탐색과정을 독자들의 정서에 이입하여, 일종의 동일
화(identification) 효과를 발생시키는 데 역점을 둔다. 그래서 그것
은 탐색담(quest story)의 기능을 일정하게 가지면서, 갈등과 발견
의 과정을 통해 삶의 주체로 형성해가는 과정을 보여준다. 이상권
소설의 가장 긍정적인 기능 역시, 이렇게 자기를 형성해가는 주체
의 정체감 발견과정을 보여주는 데 있을 것이다.

　우리가 읽은 다섯 편의 소설에 등장하는 중심서사는 이를테면 개
잡는 과정, 왕따 이야기, 자연을 둘러싼 인간들의 갈등, 조류독감
이야기, 소 값 하락으로 촉발된 농촌 붕괴의 서사 등이다. 하지만
우리가 읽었듯이, 그 표면 서사 아래쪽에 강렬하게 흐르는 진정한
이면적 음역(音域)은 오래된 신화, 꽹과리 축제로 열리는 친화와 자
유로움, 암탉의 희생적 모성, 할머니의 생명옹호, 아버지와 소의 탈
주 등을 통해 구현되고 완성된다.

　우리는 이러한 이상권 소설이 청소년의 시선과 언어를 통해 탐구
되는 과정을 보여준다는 점에서, 독자들의 공감을 한껏 끌어들이는
역할을 하게 될 것으로 생각한다. 그만큼 이상권은 청소년들의 생
각과 대화적으로 소통하면서, 그들이 치러내는 '성인식'의 의미를
다양한 층위에서 관찰하고, 그때 이루어지는 '정체감' 형성과정을

우리에게 아름답게 보여준다. 이제 우리가 그 세계에 다가갈 차례
이다.

동짓달 어느 날이었다. 나를 찾아온 이장님이 중요한 일이 있으니까 몇 시까지 회관 앞으로 나오라고 하였다. 약속된 시간에 나가보니까 십대 후반부터 이십대 초반의 청년들이 모여 있었다. 내 친구들이 대여섯 명이었고, 나머지는 다 형들이었다. 그때 마을에는 초상이 나 있었다. 요령잡이를 하는 아무개 어른이 나타나더니, 이번 장례식 때는 청년들이 상여를 메야 한다고 했다. 어른들의 회의에서 그런 결정이 내려졌다면서. 황당했다. 우리들 중에서 상여를 메본 사람은 거의 없었다. 여러 어른들이 와서 상여 메는 법, 상여소리 내는 법을 가르쳤다. 어른들은 상여를 메봐야 어른이 된다고 하면서 우리한테 술까지 돌렸다. 그러니까 일종의 성인식인 셈이었다.

그때 내 나이 열일곱이었다.

"……죽는 것이 아니라 돌아가시는 것여. 온 데로 돌아가시는 것여. 모든 생명은 다 땅과 하늘에서 온 것여. 그리로 돌아가는 것여. 너희들이 모셔가는 것여. 그러니까 힘들다 생각하지 말고, 기쁘게 모셔야 써……."

우리는 목이 쉬도록 상여노래를 배웠고, 상여틀을 메고서 연습을 하였다. 청년들이 장례식을 치른다니, 당시로서는 상상도 할 수 없는 일이었다. 당연히 다른 마을에서도 관심을 가졌고 수많은 사람들이 구경을 왔다. 이래저래 우리의 어깨는 무거워질 수밖에 없었다. 죽은 사람을 땅으로 돌려보낸다는 것. 내가 그런 성스러운 의식을 치른다는 것, 그 자체만으로도 이미 어른이 된 기분이었다. 그러나 상여는 십 리를 가야 했고, 장례식날에는 날씨마저 추웠다. 우리들은 상여를 메고 가면서 영혼이 떠나버린 사람의 몸이 얼마나 무거운지 새삼 깨달았다. 상여꾼이 열여덟 명이나 되건만 꼭 태산을 지고 가는 기분이었다. 더구나 키마저 컸던 나는 더 많은 무게를 감당해야 했다. 우리는 관이 들어갈 땅도 파고, 무덤의 봉분까지 쌓아 올렸다. 집에 오자마자 몸살이 난 건 당연했다. 나중에서야 알았지만 마을에서 청년들이 계속 이러저러한 사고를 치고, 경찰서를 들락거리고, 심지어 감옥에 가는 일까지 생기자 어른들이 회의를 하여 이런 결정을 내렸다고 하였다.

이 글을 정리하면서, 다시 그 꿈을 꾸었다. 꿈에서 깨어나자 어깨가 뻐근했다. 어쩌면 작가로서 내가 성인식을 치렀는지도 모른다는 생각이 들었다. 꿈속에서 받은 그 무게가 내 몸을 흔들었다.

몇 년간 발표했던 글을 묶었다.

살아가는 것들의 눈빛을 그리고 싶었다.

부디 잘 버티어주기를.

— 벼들이 물알 들어가는 2010년 늦여름, 이상권

성인식

© 이상권, 2010

초판 1쇄 발행 | 2010년 9월 30일
초판 5쇄 발행 | 2020년 10월 13일

지은이 | 이상권
펴낸이 | 정은영

펴낸곳 | (주)자음과모음
출판등록 | 2001년 11월 28일 제2001-000259호
주소 | 04047 서울시 마포구 양화로6길 49
전화 | 편집부 (02)324-2347, 경영지원부 (02)325-6047
팩스 | 편집부 (02)324-2348, 경영지원부 (02)2648-1311
e-mail | jamoteen@jamobook.com

ISBN 978-89-544-2255-0 (43810)